汉译世界文学名著丛书

华兹华斯
叙事诗选

〔英〕威廉·华兹华斯 著

秦立彦 译

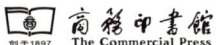

汉译世界文学名著丛书
出版说明

1902 年，我馆筹组编译所之初，即广邀名家，如梁启超、林纾等，翻译出版外国文学名著，风靡一时；其后策划多种文学翻译系列丛书，如"说部丛书""林译小说丛书""世界文学名著""英汉对照名家小说选"等，接踵刊行，影响甚巨。从此，文学翻译成为我馆不可或缺的出版方向，百余年来，未尝间断。2021 年，正值"汉译世界学术名著丛书"出版 40 周年之际，我馆规划出版"汉译世界文学名著丛书"，赓续传统，立足当下，面向未来，为读者系统提供世界文学佳作。

本丛书的出版主旨，大凡有三：一是不论作品所出的民族、区域、国家、语言，不论体裁所属之诗歌、小说、戏剧、散文、传记，只要是历史上确有定评的经典，皆在本丛书收录之列，力求名作无遗，诸体皆备；二是不论译者的背景、资历、出身、年龄，只要其翻译质量合乎我馆要求，皆在本丛书收录之列，力求译笔精当，抉发文心；三是不论需要何种付出，我馆必以一贯之定力与努力，长期经营，积以时日，力求成就一套完整呈现世界文学经典全貌的汉译精品丛书。我们衷心期待各界朋友推荐佳作，携稿来归，批评指教，共襄盛举。

商务印书馆编辑部
2021 年 8 月

目　　录

索尔兹伯里平原 ⋯⋯⋯⋯⋯⋯⋯⋯⋯⋯⋯⋯⋯⋯⋯⋯⋯⋯ 1
废毁的农舍 ⋯⋯⋯⋯⋯⋯⋯⋯⋯⋯⋯⋯⋯⋯⋯⋯⋯⋯⋯ 28
坎伯兰的老乞丐 ⋯⋯⋯⋯⋯⋯⋯⋯⋯⋯⋯⋯⋯⋯⋯⋯⋯ 52
布莱克婆婆与哈里·吉尔 ⋯⋯⋯⋯⋯⋯⋯⋯⋯⋯⋯⋯⋯ 61
山楂树 ⋯⋯⋯⋯⋯⋯⋯⋯⋯⋯⋯⋯⋯⋯⋯⋯⋯⋯⋯⋯⋯ 68
痴呆的少年 ⋯⋯⋯⋯⋯⋯⋯⋯⋯⋯⋯⋯⋯⋯⋯⋯⋯⋯⋯ 80
疯狂的母亲 ⋯⋯⋯⋯⋯⋯⋯⋯⋯⋯⋯⋯⋯⋯⋯⋯⋯⋯⋯ 104
写给父亲们的一件小事 ⋯⋯⋯⋯⋯⋯⋯⋯⋯⋯⋯⋯⋯⋯ 109
我们是七个 ⋯⋯⋯⋯⋯⋯⋯⋯⋯⋯⋯⋯⋯⋯⋯⋯⋯⋯⋯ 113
老猎人西蒙·李 ⋯⋯⋯⋯⋯⋯⋯⋯⋯⋯⋯⋯⋯⋯⋯⋯⋯ 117
最后一只羊 ⋯⋯⋯⋯⋯⋯⋯⋯⋯⋯⋯⋯⋯⋯⋯⋯⋯⋯⋯ 123
彼得·贝尔 ⋯⋯⋯⋯⋯⋯⋯⋯⋯⋯⋯⋯⋯⋯⋯⋯⋯⋯⋯ 128
泉 ⋯⋯⋯⋯⋯⋯⋯⋯⋯⋯⋯⋯⋯⋯⋯⋯⋯⋯⋯⋯⋯⋯⋯ 196
两度四月清晨 ⋯⋯⋯⋯⋯⋯⋯⋯⋯⋯⋯⋯⋯⋯⋯⋯⋯⋯ 200
露西·格雷 ⋯⋯⋯⋯⋯⋯⋯⋯⋯⋯⋯⋯⋯⋯⋯⋯⋯⋯⋯ 204
兄弟 ⋯⋯⋯⋯⋯⋯⋯⋯⋯⋯⋯⋯⋯⋯⋯⋯⋯⋯⋯⋯⋯⋯ 208
鹿跳泉 ⋯⋯⋯⋯⋯⋯⋯⋯⋯⋯⋯⋯⋯⋯⋯⋯⋯⋯⋯⋯⋯ 232
家在格拉斯米尔 ⋯⋯⋯⋯⋯⋯⋯⋯⋯⋯⋯⋯⋯⋯⋯⋯⋯ 242
乡间建筑 ⋯⋯⋯⋯⋯⋯⋯⋯⋯⋯⋯⋯⋯⋯⋯⋯⋯⋯⋯⋯ 287

失去孩子的父亲 289
橡树与金雀花 291
瀑布与野蔷薇 297
两个小偷 300
不务正业的牧童 303
当我第一次来到这里 309
麦克尔 315
水手的母亲 337
爱丽丝·菲尔 340
乞丐 344
高地盲童 347
我知道一个老人,他情非所愿 361

中英诗题对照表 363
译后记 365

索尔兹伯里平原①

1.
饥肠辘辘的野蛮人生活多么艰难,
当他无衣无蔽,徒然整日苦辛,
在幽邃的密林里疲惫地度过夜晚,
躺在陌生的平地,为风雨所惊;
他恐惧地抬起头,饥饿的野猪群,
此时正徘徊在呼啸的森林边上;
急雨浇灭了他的火堆,黑暗中,
他听见搏斗的熊传来狠恶的喧响,
而在他无屏障的床边咆哮着一群群瘦狼。

2.
但他是坚强而善于忍耐的,可以
不屈不挠地面对所有的困难,

---

① 作于一七九三年夏至一七九四年五月间。每段韵脚格式为ababbcbcc,前八行每行五步,最后一行六步。索尔兹伯里平原(Salisbury Plain):在英格兰南部,有著名的巨石阵。

因为从他不安地吃乳的时候起，
就一直如此；当他被敌人追赶，
终于活着逃到简陋的堡垒里面，
当隆隆的战歌声震荡着条条山谷，
在那些狂热的集会里，他看见，
谁的命运不是同他一样艰苦，
谁不是恐惧着睡去，一醒来便劳碌？

3.
那些压弯了善良灵魂的思绪，
折断快乐弹簧的思绪，其沉重，　　　　　　　　　　20
来自对已逝去的欢欣的回忆，
当命运逆转，回忆就折磨我们；
或者来自于反观别人的处境，
当他们安坐在富足的床榻上，
将幸福的闪光美酒欣然啜饮，
而我们却不得安逸，痛苦忧伤，
只能把头枕在"穷困"那铁一样的胸膛。

4.
于是，当高雅生活的和煦感染力，
把轻柔的情感从冬日长眠中唤醒，
当人们落下爱与友谊的甜蜜泪滴，　　　　　　　　30
期待的心在温和的喜悦中沉浸；

人们乘坐的舟船却彼此不同,
在社会生活的汪洋大海里漂泊,
所遇纷纭难测;多少人痛哭失声,
如陷重围;纵然严冬寒风凛冽,
无家的野蛮人遭遇的敌人也没有这般凶恶。

5.
风暴般的烈火燃烧在西边的天上,
旅人在塞勒姆平原① 每挪移一步,
就发出一声叹息;路转弯的地方,
他都会向远方教堂的尖顶回顾,   *40*
现在他回首,而远空已无有一物。
他环顾四周,感到饥渴难堪,
在他的视野里几乎人烟全无,
只有荒凉的玉米地无尽地伸展,
然而他看不见种玉米的人居住在哪边。

6.
没有树荫,也没有宜人的青草地,
没有溪流抚慰他的双耳,润他的唇;
一个个玉米垛庞然矗立在这里那里,
但没有袅袅炊烟来愉悦他的眼睛。

---

① 塞勒姆(Sarum):索尔兹伯里平原的旧称。

他远远看见一个牧归者模糊的身影,　　　　　　　*50*
就站下来呼喊,呼声那样微弱。
无人回答,只有周遭呼啸的风,
吹过细细的草,吹过荒凉的原野,
只有沙漠的云雀从天空中投下无力的歌。

7.
他此前登的山坡仿佛都隐藏着农舍,
他可以把疲惫的脚步转向那里,
但现在,望着归鸦飞成暗黑的漩涡,
他终于放弃了一切希望,落下泪滴。
他将某个牧人低矮的山楂树寻觅,
或躲避风雨的茅棚,然而四顾茫茫。　　　　　　*60*
他继续前行,原野越来越荒寂,
在他周围铺展开来,越来越空旷,
唉,难道他只能睡在又湿又冷的地面上!

8.
大风卷积起的云在天空中疾奔,
发出铮铮之声,暴雨即将降落。
他孤立着,是荒野里唯一的生灵,
大自然的愤怒只能向他一人倾泻,
除了一只鸨,在那萧瑟的旷野,
这胆怯的本地之鸟发出一声哀嘶,

当看到一个人出现在那可畏的时刻,   *70*
它半蹲在地上,露出异样的恐惧,
然后吃力地逆风托举起它沉重的身体。

9.
不知不觉之间,太阳已经落山,
他站在一个小丘上,不由得惊异,
他看到在那沟壑纵横的地面,
远古的强大武器留下了奇特痕迹。
他抬起头来眺望,目力之所及,
远方隐约横着一座古老的城堡,
那城堡有赤裸而灰白的墙壁,
眉目庄严。当他朝那里移动双脚,   *80*
一个仿佛来自坟墓的声音低沉地说道:

10.
"不论在这可怖的时刻有何事发生,
都不要走近山上那古堡的废墟;
那邪恶所在属于地狱最受诅咒的精灵,
是他们用魔法将那座堡垒筑起。
纵使空中降下杂着火焰的暴雨,
纵使惊雷在你露天的床榻上方滚过,
远离那古堡,免得恶魔猝然攫食你,
免得他们狞笑着看你受尽折磨,

直到对你的灵魂而言,疯狂不啻是解脱。　　　　　　　*90*

11.
"因为在深夜时分,当可怕的火光,
一次次映照出那发红的森森石阵①,
有祭司,冷酷的鬼魂,骇人的偶像,
远远地能听到那大火发出人的呻吟。
一切归于沉寂,然后荒野再次呻吟,
惨淡的光照见它最远的所在。
此刻,骨骼魁伟的武士的阴魂,
从千百座裂开缝隙的坟墓里出来,
骑着烈马,在地狱一般的幽暗中徘徊。"

12.
这声音从下面传来,但看不见形象,　　　　　　　*100*
也看不见面孔,仿佛他做了场噩梦。
有三个小时,他在暴风雨中彷徨,
没有月亮拨开乌云,从狭窄云隙中,
从云隙深处投下亲切的月光一泓,
没有看门犬从牧人的茅屋发出低吼。
只有一次,一道闪电那苍白短促的光晕,
照出一个粗朴路标上的双重柱头,

---

① 指索尔兹伯里平原上的巨石阵。

如果天光尚在，他就只能在那路标旁停留。

13.
周遭黑暗荒凉，仿佛大海上没有船，
夜空不见星光，海水在暴风中咆哮。　　　　　　　110
[　　　　　　　　　　　　]①
淋湿的吉卜赛女人在草屋中尚有火烤，
她点燃蕨菜和金雀花，暖着湿冷的手脚。
却没有飞逝的流星在旅人眼前出现，
也没有病室里的蜡烛微弱燃烧。
荒野上，没有一个孤独的收税关站，
它本可以投出一线悲哀的灯光，穿透那黑暗。

14.
终于，月亮在厚厚的云层中升起，
洒下病态的光。他身不由己地逃遁，
疲惫无力，渴望死亡带来的休息，　　　　　　　120
这时他来到一个地方。从前的虔诚人，
为圣母建了间小屋，以偿还愿心，
晚归者可以暂栖在那孤立的小屋，
以免得在荒野的黑夜中惊魂。
然而如今不会有人在那屋中驻足，

---

① 原诗此处缺一行。

如今，这几堵残墙被称作平原上的死屋。

15.
此前，恐怖仿佛紧随在他身后，
他不时回头惊顾，仓惶逃亡。
当破屋模糊的暗影在视野中显露，
他多么高兴，终于找到一个地方，　　　　　　130
那里有令人鼓舞的人类劳动的迹象，
晨曦睁开眼之前，他将在此歇足。
唉，瞬间破灭了这最后一线希望。
一进屋，他的头发就森然倒竖，
他听到一个声音，似乎是谁在哀悼恸哭。

16.
那声音是一个人在睡梦中呻吟，
人的声音！他很快不再惊慌。
原来日暮时这里来了个流浪女人，
她找到了一张勉强遮风挡雨的破床，
月亮在她周遭投下阴惨的光。　　　　　　140
他将她唤醒，她的头脑瞬间惊悸，
突然的恐惧如飞镖刺在她心上，
因为关于那破屋她听过一个故事，
那故事会令最坚强的人也如孩子般战栗。

17.
她听说有一个人曾到这里避风,
他的马高声长嘶,嘶声尖厉不祥,
破屋的残墙随着马嘶而摇动,
马蹄不停踏蹴,地面发出震响。
最后,马一次次举蹄,烦躁如狂,
将那人的脚边一块发亮的石板踏蹴。 *150*
他半掀起石板,使出全身力量,
半掀起,难怪他的手臂支撑不住,
石板下露出一个不久前被杀的人的头颅。

18.
关于这小屋,她听过此类的传说。
她抬起睡眼,在阴郁的月光下,
朦胧中看到那难以分辨的来客,
冰冷而坚硬的恐怖攫住了她。
但是,他愉快地对她轻声说话,
听到这样和善的问候,她很高兴。
他们絮絮说起那土地的肃杀, *160*
它似乎隶属于别样世界里的生灵,
当低沉的风暂歇,再次传来那些生灵的声音。

19.
她说,她曾在空旷的深谷行走,

周围没有一片树荫，没有山泉，
一个老人从赤裸的山崖上挥手，
然后蹒跚着下来，向她打听时间——
教堂塔楼的钟声传送不了这样远。
老人手拿一支生锈的枪，以阻止
乌鸦侵入开阔的玉米地。晴天雨天，
他虽然已年迈，还是独守在那里，　　　　　*170*
他微薄的食物并不够养一只狗来分吃。

20.
他说起种种异事发生在那无边荒原，
他说起一个乡下青年曾远行迷了路，
不知不觉来到一个高处，看到下面，
有魁伟的巨人排成令人胆寒的队伍。
这样的巨人常会手持盾牌和石斧，
在旷野中行走，把旅人的去路阻挡。
他们会坐在那森严的灰白石阵的高处，
周围是悬浮的山，他们展开城邦，
在那里他们谈论着诡秘之事，像诸神一样。　　　*180*

21.
常常会有一堆夜火直烧到云端，
照出这荒野，照出一重重的人群，
黑色的身影都映成红色，阴森惨淡，

那是个献祭的神坛，以活人为祭品。
祭坛发出一声声低沉的呻吟，
坟墓裂开，死者惊觉，将头盔微扬，
曾经置于武士头下的那一把利刃，
在燃着火的空中轰鸣；红色臂膀
在黑暗中高高举起，挥舞着铮铮的长枪。

22.
当明月洒下清辉，则别有天地。　　　　　　　　*190*
周围簇拥着难以计数的一群群人，
须髯飘飘者在中间将魔杖高举。
夜风已消歇，火把燃烧得分明，
绕着那缥缈的所在依次缓缓移动。
人群在条条队伍中前进，肃穆庄严，
在神秘的平原投下错综的身影，
平静动听的序曲之声使月亮也流连，
远近的荒原露出微笑，像被施了魔法一般。

23.
他们这样交谈时，暴风已减弱，
在残墙周围正在消退下去的风，　　　　　　　　*200*
仿佛低声说它已发泄完怒火。
那女人以冷静的同情，平和的心，
开始轻声述说她往日的伤痕。

如果美丽能阻挡痛苦的蚀蛀，
她甜美脸颊上的玫瑰就永不会凋零。
难道她不曾是凯西克①平原上的明珠，
身后总是追随着含笑的希望、爱和幸福？

24.
她雪白的胸脯像天鹅，两只天鹅，
当在德文特河②那风光秀丽的两岸，
几乎没有一丝一缕的南风吹过，　　　　　　　　　　*210*
两只天鹅一起载沉载浮在睡莲间。
她的胸脯那样美好，如爱侣在热恋，
情投意合，又好像嬉戏的孩童，
尚不知何为痛苦，何为郁郁寡欢。
不倦的"希望"彻夜守护着它们，
"欢快"则把自己的面颊依偎在它们当中。

25.
你们青春的朝露啊，你们处处闪光，
难道是为此？难道是为严霜的牙齿，
把"欢乐"胸前的娇花过早凋伤？
不幸的人类！你仅有的幸福时日，　　　　　　　　　　*220*

---

① 凯西克（Keswick）：英格兰西北湖区的一个村镇。
② 德文特河（Derwent）：英格兰北部河流，流经华兹华斯的出生地。

总最早逝去;你的厄运就是如此,
品到欢乐,只为将来哀叹欢乐不再。
周而复始的太阳无法弥补你的损失,
新的太阳运转,却不能将第二春带来,
只带来痛苦,直至死亡将你,将你的痛苦解开。

26.
"我父亲的小屋就矗立在德文特河边,"
那哀伤的女人讲起她朴素的往事,
"他有一小群羊,汛期河中鱼鳞闪闪,
对他,金矿也不如这些更值得珍惜。
我睡梦轻盈,日子在欢悦中过去,   *230*
我无忧无虑地在德文特河岸上,
收着父亲的渔网;当我从羊圈里,
把羊放牧到山崖,在那高高的地方,
我看见悬崖下面,父亲的小船和闪光的桨。

27.
"我如何能忘记我在山楂树下的座椅,
豌豆,薄荷,百里香,种满了园中,
玫瑰与百合将安息日的清晨装饰,
邀请人们到教堂去的悦耳钟鸣,
还有剪羊毛时节的欢笑与歌声,
我的母鸡精致的巢,长草覆盖了它。   *240*

我们采撷黄花九轮草,在穆穆良晨,
榛子林里,串串的棕色榛子在树上垂挂,
[　　　　　　　　　　　　]①

28.
"我如何能忘记那扇窗,我打开窗,
喂知更鸟,当原野覆盖着雪的衣衾;
我洁白的围巾展开了挂在山楂树上,
我嗡嗡响的纺车,光洁的餐桌器皿,
傍晚时传来熟悉的敲门声音,
散落的拖鞋,蒙住眼睛的嬉乐,
在欢快的地板上跳舞的人们,   *250*
大家唱着歌谣,围着明亮的炉火,
那时风雨在群山中降下,而我们毫无知觉。

29.
"十八个夏天的艳阳轻快地过去,
轻快得如同五月的明媚早晨。
终于,因冷酷的命运,恶意的催逼,
我父亲的那一点家产开始沉沦。
'欺压'践踏着他灰白的双鬓。

---

① 原诗此处缺一行。

他失去了他的那一小片水面,①
他被剥夺一切,连同他那衰老之身
所睡的床榻;我们流着泪,肩并肩,　　　　　　　260
被驱赶到寒风中四处流浪,只有彼此为伴。

30.
"要忘却那痛心时刻,我如何能够?
当我父亲在最后一座山顶上站立,
越过树巅,眺望着教堂的钟楼,
他结婚时那里曾传出动人的乐曲,
我出生后,我母亲的骸骨埋在那里。
他长眠于那里的夙愿已经破灭。
他伫立着祈祷,要我相信上帝,
我无法祈祷,人世的悲哀压迫着我,
遥望我们明亮的小屋,我的泪无法止歇。　　　　　　　270

31.
"有个青年,他温润的声音和目光,
会给最欢愉的时日增添新的欢愉。
朝阳升起的时候,如果有他在旁,
群鸟也欣然延长它们最心爱的歌曲,

---

① 华兹华斯一七九八年写道,"英格兰北部的几个湖被租给不同的渔民,各领地之间有从某块岩石到某块岩石所划的假想界线。"

轻柔的风笛也会吹出更恣肆的旋律。
傍晚,寂静的月亮高挂在天空,
摇摆的椴树间洒下的月光更甜蜜,
夜气融融;他饱含着爱意的声音,
让莽撞的风也安睡在了河边,田野,树林。

32.

"他父亲叫他到一个遥远城镇去,   *280*
远离林野,做手艺活儿为业。
我们第一次流下那么多辛酸泪滴,
最后一吻前我们说出多少爱的誓约!
我和父亲去找他,被希望支撑着,
我把欢喜不尽的泪洒在他的颈项。
他说,从前他在欢乐中爱着我,
他在悲苦中也会爱我;他没有说谎,
我父亲终于又睡在了风吹不到的地方。

33.

"此后四年是幸福的,每天有面包,
来自不间歇的祈祷,不间歇的劳碌。   *290*
三个可爱的孩子依偎在我的怀抱,
看着他们甜美的笑容,我常常叹息,
却不知因何叹息。我父亲安然辞世,
从那时起孩子们常常肚腹空空,

因为战争把很多国家卷入乱局。
纺车静立着；无人注意的大风，
徒然吹着疏懒的船帆，吹着被弃的船绳。

34.
"瞬间的剧变！从前劳作声令人心欢，
现在是寂静，恐惧，'痛苦'带来的一切。
不久，在昂扬队列中，有鼓声喧阗，　　　　　300
从一条条贫困又悲惨的街道上经过。
我丈夫虽有两手，却只能看妻儿挨饿，
他束手无策，只是让我们更加沉沦。
他不肯乞讨，我的祈祷和眼泪都无结果，
他宁愿逃离也不肯加入那凄凉人群。
我们流落到西部世界①，我们这些不幸而无望的人。

35.
"生存要付的可怕代价！却是要放弃
生存中一切可宝贵之物！宁可
在'穷困'最孤独的洞穴里慢慢死去，
无声无息，并没有一颗星星察觉，　　　　　310

---

① 此处的"西部世界"（the western world）或指美国。在华兹华斯的长诗《远游》(*The Excursion*) 第三卷 870 行，用了首字母大写的同样表述 "the Western World"，那里明确无误是美国。

宁可挡住傲慢的命运那华贵的马车，
用我们的身躯，我们的垂死之身，
也胜过狗一样跟在'战争'后跋涉，
苟延可憎的日子，而周遭的一伙人，
一口口舐食着兄弟的血，将其作为饮品。

36.
"降在我们头上的那些痛苦，瘟疫，
种种疾病，饥饿，焦灼与忧患，
在森林，在旷野，在市镇或营地，
你纵使只听到这些，也会恻隐难安。
在悲惨的一年，热病如利刃，皮鞭，　　　　　　*320*
我的丈夫和孩子全都因此身亡，
一个个离我而去。我的眼泪已哭干。
我苏醒在一条英国船只的甲板上，
绝望，凄苦，仿佛刚从昏迷中醒过来一样。"

37.
她停住了。她已将眼前的一切忘记，
又活在了那些锁定她命运的时刻。
这时他朝外望，看到微笑的晨曦
对他们俩的一夜未眠浑然不觉，
穿透东方渐薄的黑暗，向天空开拓。
啊，如此良辰何时能将其光芒馈赠，　　　　　　*330*

让坟墓将自己裂口处的乌云照彻!
狂风和地狱的恶魔都已经遁形,
看,新的一天抬起可爱的额头,从海波之中。

38.
他说,"来吧,经过这样疲惫的晚上,
伤神的晚上,我们不要无视别的风景。"
她从小屋中走出来,向东方眺望,
黎明照亮了她温顺而湿润的眼睛,
她憔悴的脸上露出微红的笑容。
启明星从未这般美丽地挂在天边,
它拨开透明的雾,沐浴在朝露之中。　　　　340
看到她的阴郁并未散尽,她的旅伴
说些开心的话宽慰她,附近传来云雀的鸣啭。

39.
他们环顾四周,看到一条长长的路,
一驾马车从不远处裸露的斜坡下来,
丘陵闪闪发光,点缀着清新的雨珠,
赶车人吹着口哨,哨音那么轻快。
公鸡的啼鸣隐隐地传自远方一带,
但看不到任何市镇、农户或村落。
赶车人只告诉他们在整整两英里外,
才有间农舍。然后,他们一边走着,　　　350

那悲伤的女人一边继续把她痛苦的往事诉说。

40.
"这辽阔无边的平原多么静美,
黎明的光辉无处不洒下恩泽,
闪烁的大海在平静的阳光下入睡,
连那大海也自有它休憩的时刻,
哀伤者的心却从来得不到解脱。
圣灵超脱于人和人间忧苦的暴风,
用翅膀拥抱一道道的海波,
在芬芳的空气里播撒了和平,
如果有什么能够安慰绝望,只有这和平。 *360*

41.
"唉,这多么不同于从前的时候,
麻木的我遭遇的气味,声音,形象:
医院里沉重的呻吟,刺鼻的恶臭,
矿井里可怕的地震,炸弹的轰响,
'饥饿'那令人痛心的绝望目光,
夜半的火焰映照在雷声与洪水中,
垂死之人的尖叫,当城池已沦丧,
周围死者的阴魂也远远被惊醒,
而可怖的光照见了胜利者惨白的面容。

42.

"我从一个海峡上渡过,它浩瀚无比,   *370*
我就好像被带向了这尘世之外。
但我不得不痛苦惊醒,将迷梦放弃,
当有水手从桅杆上急切地把帆打开,
吹着哨子报告风向,无声的大海,
不起波澜;他欣然想到家的怀抱,
泪珠挂在了他饱经风霜的两腮。
我却盼着离人间的港口越远越好,
那时我唯一的愿望就是向无人的所在遁逃。

43.

"有多少次,我的理智仿佛衰退,
我觉得自己终于找到了立足的地方。   *380*
我幻想,'我在此可以平静地流泪,
在无边无际的大海上四处漂荡,
除死神之外举目无亲,我不妨
整日望着海水,我现成的坟墓。'
船终究靠了岸,打碎了我的梦想。
无家可归的我在千百户人家旁驻足,
在千百张饭桌旁,我形销骨立,饥肠辘辘。

44.

"有三年,我沿故国的海岸流浪,

那时我曾眺望着夕阳在远空下沉,
沉到一个于我而言绝望的地方,   390
如今我正在这一片荒野上前行。
唉,请告诉我,我该何去何从,
我孑然一身,没有家,只有坟墓。"
她不再言语。远方城市的教堂尖顶,
耸入天空,火焰般照亮了西边各处,
把残夜遗留下的稀薄黑暗也从空中驱除。

45.

在燃烧的东方,灿烂辉煌的太阳,
正沿着自己的道路傲然前行。
但想到人世之苦和那故事的凄凉,
怜悯的泪水模糊了旅人的眼睛。   400
那悲伤的年轻女人严酷的命运,
使他几乎忘记了昨夜所受的惊骇。
他尽自己所能,用乐观的声音,
去宽慰她那永失欢乐的心怀,
而在悲哀的重压下,他似乎也未老先衰。

46.

现在,他们从一座小山上环顾四周,
一道峡谷在他们眼底展开秀美风景,
谷中氤氲的水汽逐着一条蜿蜒溪流,

溪水淙淙穿过青草地，穿过树丛。
绿树掩着一间农舍，炊烟袅袅上升，
树林里满是谈情说爱的红雀的鸣啼，　　　　　　　　　410
中间夹杂着牛群羊群低沉的叫声，
绿茵上，吃草的牛羊散在这里那里，
欢快的挤奶姑娘在沟壑纵横的草地上走来走去。

47.
再见了，你们这两个无望的孤独者！
但在你们分手，各奔前途之前，
走进那农舍，你们在那里会获得
高门大户并不曾给予你们的友善。
姑娘会为你们提来木桶，奶溢出桶边，
桌上会为你们堆满面包，简单朴素。　　　　　　　420
你们应这样想：生活像这广大荒原，
谁能在无边的荒凉里找到一间小屋，
找到一小块碧绿的地方，谁就已无比幸福。

48.
火光虽不再把巨大的柳条人映得惨白，①
虽不再有可怕的尖叫，垂死的哀嘶，
向那些鬼魅之神的耳中一阵阵传来，

---

① 古代凯尔特人的巫师以人为牺牲，将其放入柳条编成的人形中烧死。

那是把活人给鬼魅之神作为献祭；
"背叛"虽不再假借"休战"的名义，
将剑蘸上冷血，但理性之光能如何？
当暴风雨袭来，没有星，黑暗如漆，　　　　　430
只听得到痛苦的呼号，理性只不过
应助我们看清路上的恐怖，却连这也不得。

49.
你若爱人类，请看那些国度为证据，
它们已算是最少啜饮凄苦之杯，
有多少大人孩子因冻饿而死去？
有多少人伫立在压迫者的门扉，
接受对方舍不得丢弃的微末恩惠，
又依压迫者所言，祝福那施舍的手？
有多少人被沉重的劳苦压弯了脊背，
像卑贱的牲畜一般在土地上伛偻，　　　　　440
不得喘息，身上再无一丝神性之光存留？

50.
何况，不只在人们的私人生活中，
找不到正义，找不到安宁，诚实，
这一对良善的伴侣；伤害，纷争，
恼怒，怨毒，僭取了它们的位置；
从个人的藩篱到东西冰封的海域，

诸国尽管在各自的境内戴着枷锁，
饮着悲苦的残渣，却要将帝国攫取，
在自身铁链的重压下绝望地沉没，
悸动着疼痛的肢体，盯着铁链每个无声的环节。　*450*

51.
看哪！当太阳自豪于它的雄伟力量，
匆匆登上安第斯山火红欲燃的山巅，
把洪水般深邃而寂静的紫色光芒，
顺着秘鲁长长的谷地，直倾向海面，
一时间，千万条溪流伴着和风万千，
忽然醒来，吞吐芬芳，发出歌吟，
却并没有哪个男人女人如同从前，
为太阳欢呼；随太阳来的是这样的一群：
"复仇"，还有"贪婪"用皮鞭驱赶着"死神"。

52.
唉！一个奴隶赤裸着双膝伏在地上，　*460*
流着恐惧的泪，求迷信之神的许可，
这奴隶居然摇身变为暴虐的君王，
举着残忍的笞鞭，越过高山与海波，
把寂寂独居，与世无争的自然折磨。
难道是为此，北极星在暴风雨里，
把它坚定恒久的光芒向四方投射？

暴风雨里我们与"痛苦"一起抵达目的地,
没有哪颗星,哪个指南针,能知晓灵魂的风雨。

53.
乐园已面目全非!在那无忧的国家,
印度教徒曾漫步穿过属于他的树林,　　　　　　　*470*
而那密叶层层的高大榕树下,
也不再回响着欢快劳作的声音。

[原稿第 473—504 行缺失]

57.
空有这些思绪岂能给我们慰安,
当善良者突遭打击而流血的时候。
请问你们,诸国的统治者,利剑,
能带来什么,除了屠杀,苦痛,泪流?
战争不是只带来战争,无止无休?
难道不是唯有仰仗圣贤的苦心孤诣,　　　　　　*510*
可怜而蒙昧的人们才能够被赎救,
才能获得福德,唯有他的温言婉语,
才能够将他们那焚烧着自身的怒火平息?

58.
只有愚人才会相信,在智慧的门旁,

流放，恐怖，枷锁，强暴可以立身；
或者，真理的火把需要人血来滋养，
正义要用血污的手摆弄它的天平，
天平上堆满人头，要将那重量搬动，
需尼禄①之手。难道"法律"必扬起铁鞭，
抽打在它"关怀"下滋生的种种罪行？　　　　520
难道它必得用令人绝望的声音驱赶，
把可怜的猎物一直驱向死亡那可怕的深渊？

[原稿523—539行缺失]
他把燃烧的电光猛掷到国王们的冠冕上。　　　540

61.
继续前进吧，为真理而战的英雄！
愿你们连根拔起压迫者的地牢！
愿你们将"傲慢"的塔楼占领，
所向无敌，将"理性"的权杖举高！
将肮脏的"谬误"和它的同族宵小，
从兽穴拖出，让它们在阳光下战栗，
然后死去；愿你们继续将世界清扫，
直到"迷信"的王国再无一丝孑遗，
只除了那巨石之阵在塞勒姆平原永远矗立。

---

① 尼禄（Nero）：古罗马帝国的暴君。

废毁的农舍①

时为夏日,太阳高挂在天上,
南面的高地在淡淡热气中闪着微光。
而在北面,缓缓升高的山坡,
则全都沉浸在明净的空气里,
山坡的表面一览无余;山坡上,
厚厚的战阵般的云投下斑驳的影子,
极目望去,云影仿佛凝然不动,
在云影之间,稳稳地投射下
一束一束明澈而愉快的阳光。
如果有人在柔软凉爽的苔藓上,   *10*
在某一株大橡树的树根旁边,
伸展无忧无虑的四肢,他会多么喜悦,
橡树古老的枝干隔出它独有的黄昏,
一个多露的浓荫,鹡鸰鸣叫着,
他如在梦里,恍惚听到舒缓的鸟鸣,
他侧过头来,望着眼前的风景,

---

① 作于一七九七年四月至一七九八年三月间,素体(blank verse)。

悬垂的树枝使风景变得更柔和，
更柔和，也更遥远。我没有这福分。
我正在广大赤裸的旷野上跋涉，
脚乏了，湿滑的地面使我举步维艰。 20
当我躺在棕色的土上，酷热中，
我的四肢简直无处可以安放，
我虚弱的手臂挥不开成群的飞虫，
它们一团团聚集在我的脸旁，
发出嗡嗡的声音，除此之外，
还有金雀花的种子猝然爆裂，
发出的那种单调乏味的声音。
我站起身来，走向一簇树木，
那树丛孤独地矗立在这平地中央。
终于到了，是同根生发的几株榆树， 30
遮成了一片树荫。在树荫下，
我发现了一间废毁的农舍，只剩下
四堵裸露的墙壁互相对视。
我环顾周围，在门边看到一个老人，
他独自躺在农舍前的长椅上，
箍着铁头的手杖放在他身旁。
我立即欣喜地认出了那一种
天性的自尊，谦卑生活里的自尊，
这是可敬的阿米塔奇，于我而言，
他是夕阳一般亲爱的友人。

　　　　　　　　　　两天前，
我们曾经一同赶路，我知道
他就在附近；在这凉爽的树荫下，
如今见到了他，我很是高兴。
他躺在那里，头枕着一个袋子，
装着乡下杂货——我猜他不曾想过
自己风餐露宿的生活。他闭着眼睛，
微风吹动榆树，树影斑斑点点，
落在他脸上。我又热又渴，
终于招呼他，我惊喜地看到，
他的帽子上挂着露一般的水珠，
仿佛帽边刚从流水里捞出来一样。
他坐起来，用手指着一株向日葵，
——它那鲜艳的花朵面向大路——
他让我从那里翻过〔　〕墙去。①
墙那边是一个园子，如今已荒芜，
缠结的野草上留着过客的脚印，
那些旅人从路上经过的时候，
枝条细长的醋栗树，或者秃枝上
稀疏地挂着的黑豆果，吸引他们
从残垣上翻过。凄凉的园中，
粗柳枝编成两道高高的篱笆，

---

① 此行有缺字。

篱笆交汇在一个湿冷的角落,
在那角落里我发现了一口井,
井中半塞着柳花,还有杂草。
我喝足了水,回到阴凉的长椅,
当我头上没有戴帽子,站在那里,
感受着在空气中鼓动的微风,
老人说,"朋友,我在四围看到了
你不会看到的事物:我们会死去,
不仅我们,人人在自己的角落所爱,   70
所珍重的,都会随他死去或更改,
即便善人,不久也没有纪念留下来。
当诗人在他们的哀曲和歌诗里
伤悼亡者的时候,他们召唤树林,
召唤群山和溪流,无生命的岩石,
一起伤悼。他们这样做并非徒劳,
因为诗人召唤的声音契合着
人类激情那强大的创造之力。
与此相比,还有更静默的同情,
然而或许是来自同一个源泉,   80
这种同情悄悄袭上沉思的心灵,
随思索而日增。我曾站在那泉眼边,
看着泉水,直到我们——泉水和我,
似乎感到同一种悲伤。对它来说,
一条兄弟般的纽带断了,从前,

每一天都有人用手来触摸它,
打破它的寂静,而从它这边,
则把舒适送给人们。我弯腰掬水时,
看到在水边悬挂着一张蛛网,
而在那又湿又滑的踏脚石上, 90
歪着一个残破的木碗的碎片,
它触动了我的心。从前的日子,
每当我从这一条路上走过,
我出现时,住在这屋里的玛格丽特
都会像女儿般欢迎我,我也爱她,
像爱女儿。唉,先生,好人不长命,
而那些如夏日灰尘一样干枯的心,
却活得最久。很多路过的人,
都祝福可怜的玛格丽特,当她
从那废泉把清凉的水端给他们时, 100
神色那样温柔,来客人人受到欢迎,
人人在离开这里时都仿佛觉得
玛格丽特是爱他的。她死了,
虫爬在她脸上。这可怜的小屋,
剥去了人工栽种的花朵的外衣,
剥去了玫瑰和蔷薇,如今只剩下
冰冷赤裸的墙壁向着风,土墙顶上,
只有杂草和针茅丛生。她死了,
从前,我们俩曾经坐在一起,

她哺乳着怀里的婴儿,现在,   *110*
荨麻在那里腐烂,蝰蛇晒着太阳;
未钉蹄铁的小马,游荡的小牛,
卖陶人的驴,在烟囱墙里躲避风雨,
而我曾看见傍晚她壁炉的火光,
那愉快的火光透过窗户,远远
映照在路上。你会原谅我的,先生,
我常凝视这农舍,仿佛凝视一幅画,
直到我心中的智慧之灵沉沦,
让位于悲伤这一种愚蠢的心绪。

"她有过丈夫,一个勤快的人,   *120*
安静而沉稳。我曾听她说起,
夏天的时候,当割草人的镰刀
还没有在带着露的草上掠过,
早春时节,最后一颗星尚未隐去,
他已经起来,在织布机上忙碌。
傍晚路过的人会隔着园子的篱笆,
听到他的铲子不歇的声音——
他做完白天的活,就会拿起铲子,
直到暮色苍茫,幽暗的篱笆墙上,
已分辨不出一片花叶。就这样,   *130*
他们在小康中平安度日,生下了
两个可爱孩子,除了天堂中的上帝,

孩子就是夫妻俩最大的希望。
——你或许还记得,大约十年前,
病虫害肆虐了整整两个季节,
土地上的收成只有常年的一半。
在那战争年月,上天雪上加霜,
这片欢乐的土地遭到锥心的伤害。
那真的是悲哀又痛苦的岁月。
我行走在农舍之间,背着冬衣,　　　　　　140
目睹了时日的艰难。许多富人,
就如同做梦一般沦落为穷人,
穷人当中更是有许多人倒毙,
永别了他们的家园。那时候,
玛格丽特忍耐着日常的种种匮乏,
节衣缩食,然而并没有怨尤,
在荒年里辛苦地挣扎,怀抱着
乐观的希望。但快到第二年秋天时,
她的丈夫得了热病。他在病中
缠绵了许久,当体力终于恢复时,　　　　150
他发现,那一点微薄的积蓄——
本用来抵御变故或衰年的积蓄——
已经罄尽。我说过那是动荡的岁月,
多少手艺人失去了每日谋生的活计,
他们,还有他们的妻子,孩子,
只能依靠着教区的施舍为生——

如果他们能像小鸟一样生活,
那些沿着篱笆一口口啄食的小鸟,
或者在高山岩石中筑巢的鸢,
日子对他们来说恐怕都要好得多。　　　　　　*160*
住在这贫寒农舍里的罗伯特,
也未能幸免。他站在自家门前,
吹着一段段原本欢欣的调子,
调子里却全无欢欣;有时他用刀,
在木棍的一端刻出粗疏的人形,
然后他在房子或园子的各个角落,
茫然无措地寻找随便哪一种活计,
或是有用的,或者只为了好看,
他把春夏秋冬各种各样的活计,
都随手混杂在一起,那一种奇异的　　　　　　*170*
新鲜劲头,让人好笑又让人不安。
这光景并不长。他从前的好脾气
很快变得沉重,不再有欢愉,
穷困让他喜怒无常,让他阴郁。
一天又一天,他越来越消沉。
有时候,他会离开自己的家,
漫无目的地向镇上走去,有时候,
他在田野中踱到这里,踱到那里。
有时候,他冷淡地说起孩子们,
他的语气中含着残忍;有时候,　　　　　　　*180*

他跟孩子们一起恣意地游戏,
那些可怜又天真的孩子们,
当时他们的神情多么令人痛心,
就在这树荫下,玛格丽特对我说,
'每一个微笑都让我的心流血。'"
老人停下,抬头望着高大的榆树,
说,"现在是最深沉的正午时分。
在这个宁静而又平和的时刻,
万物若非休息,就都是愉悦的,
而这成群的苍蝇让空气之中,
充满了快乐的嗡嗡之声。此时,
为什么一个老人的眼中含着泪?
为什么我们要以不合时宜的念头,
辗转在我们人类的软弱之中,
让我们的心远离大自然的智慧,
对于大自然的抚慰无视无闻,
沉溺于不安,用我们的焦思,
这样地去搅扰大自然的安宁?"

第二篇

他说这些话时,语气是庄重的,
但当他说完的时候,他的脸上
现出这样从容的喜悦,他的神情

这样温和，有一刻，不知不觉
带走了全部记忆，那朴素的故事
像被遗忘的声音，从我心头消失。
我们又谈了一会儿杂闻琐事，
很快我便觉得乏味了。我不由得
又想起那可怜的女人，仿佛
我曾经认识她，曾经爱过她。
他讲述她那平凡的故事时，带着
这样亲切的力量，神情这样投入，   210
眼神这样灵活，他说的事如在眼前。
可是现在我的注意力松弛了，
血管里感到一种深重的阴寒。
我起身走出拂着微风的树荫，
走到阳光之下，站在那里，
汲取温暖的阳光给予我的安慰。
我在那里并没有耽搁得太久，
环顾那平静的废墟，我走回来，
请求那老人，为了我的缘故，
把故事继续讲述下去。他说，   220
"这本是任性，本是该苛责的，
如果我们属于那样一种人，
我们的心无谓地玩弄逝者的痛苦，
满足于从中获取片刻的欢乐，
而那欢乐是理性所不认可的，

对未来也并没有丝毫的益处。
但我们知道，从悲哀的思绪里，
常常可以发现，总可以发现，
一种有助于德性的力量；若非如此，
我就是人间一个做梦的人，真的， 230
枉然做梦的人。这是个平常的故事，
其中没有令人震撼的重大事件，
这是默默受苦的故事，几乎没有
规整的形式，对鲁钝的感受力来说，
它并不相宜，对不思考的人来说，
它几乎难以触摸。但你既然请求我，
我就说下去。

　　"他们这样过活的时候，
——在那多灾多难的一年之前，
这农舍曾是他们幸福的家园——
我恰好行走在距此遥远的地方。 240
当我再次止步于远处的大门旁，
大门通向那条青青小路，当我
又看到这几株大榆树，我很高兴。
我没休息太久，怀着种种愉快心绪，
我兴冲冲地在那平地上前行。
我来到了这一间农舍的门口，
敲门，进屋，期待着往日的欢迎。

玛格丽特朝着我看了一阵子，
无声地转过头去，在椅子上坐下，
涕泪涟涟。我不知道如何是好， 250
该对她说些什么。这可怜的人！
她终于站起来——然后，唉，先生！
我难以描述她怎样叫出我的名字，
带着热切的爱，她悲伤的脸上
有种说不出的无助，她的目光
似乎无法从我身上移开。她问我，
有没有见到她丈夫。她说话时，
在我心里出现了莫名的惊惧，
我无法回答。接着她告诉我，
他失踪了——就在两个月前， 260
他离开了家。这样凄然过了两天，
第三天，天刚刚破晓的时候，
她在窗子里赫然看到一小袋金子①。
'我看到它就发抖'，玛格丽特说，
'因为我心里清楚，是他的手
把金子放在那里。就在那一天，
来了个陌生人，是我丈夫要他来的，
他说，罗伯特加入了一支队伍，
那队伍即将开赴遥远的异国。

---

① 是给入伍者的赏金。

他就这样离开了我——可怜的人！　　　　　270
他没有勇气向我告别，他怕
我会带着孩子们去追随他，
会在随军的艰苦生活中倒下。'
玛格丽特潸潸流着泪讲了这些。
她讲完时，我几乎无力安慰她，
我很高兴能从她自己的口中
听到了憧憬的话语，让我们两人
都有所振作。我们没有谈多久，
就把更乐观的想法凑集在一起，
她用更明亮的眼睛环顾四周，　　　　　　280
就仿佛她流的是欢喜的泪滴。
我们分手了。那是早春时节，
我离开时，她正整理园中的用具。
我清楚地记得她从篱笆上望过来，
当我沿着人行的小径越走越远，
她叫住我，温柔活泼地祝福我，
她的声音，是心中快乐的人
才会发出的那种特别的声音。

"我走过多少山峦沟谷，背着这袋子，
我令人疲倦的行囊，冒着寒暑，　　　　　290
穿过多少森林，多少无边原野，
在阳光下，在树荫下，在雨天晴天，

情随境迁,有时轻快,有时愁苦。
我最好的旅伴时而是呼啸的风,
时而是'跳跃的溪流①',低语的树木,
时而是我自己悲哀的脚步声,
其间有多少短暂的念头闪过,
然后消失。夏天快过去的时候,
我又来到了这里,那个时节,
小麦已经金黄,细细柔柔的青草　　　　　300
刚刚萌生不久,在干草地上,
铺就一片嫩绿。我走到门前,
发现玛格丽特不在。我坐在
我们现在坐的树荫下,等她回来。
她的这间小屋,外表看上去,
似乎仍像从前一样令人愉悦,
几乎仍像从前一样整洁。但我觉得,
拥在门旁,从墙上垂下来的忍冬,
一圈圈的花叶比从前更繁密了,
缠结在一起的没有用的景天,　　　　　310
顺着窗边生长,像野草一样,
遮住了低处的窗棂。我转过身,
走进她的园子——那园子变了。
无益的旋花将铃铛般的花朵,

---

① "跳跃的溪流"是华兹华斯引用罗伯特·彭斯(Robert Burns)的语句。

从这边伸展到那边，厚重的枝叶，
把玫瑰从它倚靠的墙上拉了下来，
拉弯到了地面；小路两侧的花草，
雏菊，海石竹，低矮的甘菊，
百里香——它们从前装点着路边，
现在都蔓生到了路上。就这样 320
过了一小时。我回转不安的脚步，
当我走到门前时，有一个陌生人
恰好路过，猜到了我找谁，他说，
玛格丽特常会漫游到很远的地方。
太阳正在西边沉落下去，现在，
我忧心忡忡地坐着，屋里传出
她独自在家的婴孩响亮的哭声。
这里尽管还很美，却仿佛荒凉，
我待得越久，就愈加觉得荒凉。
我环顾四周，看到门两边的基石， 330
从前基石上没有别的印记，如今，
却有暗红色的斑点使基石剥了色，
上面还粘着一簇一簇的羊毛，
仿佛那些在旷野上吃草的羊，
惯常到那里，就在她的门槛旁，
找到了卧处。屋里的钟敲了八下。
我转身看到玛格丽特站在几步之外，
她的脸瘦削苍白，她的身形

也变了。她打开门锁时,对我说,
'让你等了那么久,真过意不去, 340
但说实话,最近我总是走出去很远;
这样说令我自己羞惭,有时候,
我靠着最虔诚的祈祷才回到家里。'
她在当饭桌用的木板上摆好晚饭,
并说,自己已经失去了长子,
他有好几个月都在教区当学徒,
帮牧师干一些零活。'我明白,
你在看着我,这不是无缘无故的。
今天我走出去很远;有很多天,
我都在田野里游荡,只知道, 350
我所寻找的,永远也不会找到。
我就这样虚度时光,因为我变了,'
她说,'我委屈了自己,也委屈了
这弱小的婴儿。我睡着时流泪,
流着泪醒来;我流了那么多泪,
就仿佛我的身体与别人不同,
就仿佛我永远也不可能死去。
但现在,我的头脑,我的心,
都更加从容,我希望,'她说,
'希望上天能够赐予我耐心, 360
让我承受我在家中经受的一切。'
你若见到她,一定会痛心的。先生,

我觉得这故事在我心头挥之不去。
它恐怕是冗长的，但我的灵魂
依恋着那可怜的女人。我如此熟悉
她的举止，她的神情，她的存在，
如此深切地感受到她的善良，
以至于在旅途之中，我常常
一阵又一阵地仿佛恍惚出神，
仿佛在对着自己默想，默想一个　　　　*370*
含悲入睡，或者被悲哀带走的人，
只有她丈夫——她为之痛苦的人——
重新出现，她才会重新醒转，
她才会又一次过上人的生活，
或者接近于人的生活。看到她，
先生，你的灵魂会被刺痛的。
她的眼睑和目光总是低垂着，
她在桌边端给我食物的时候，
并不看着我。她的声音低微，
她的身体变得迟缓。她做家务时，　　　*380*
每个动作都透出漫不经心的沉寂，
若有所思的灵魂敷衍琐细的事，
就是这个样子。她不停地叹息，
但是不见她的胸口有什么波动，
她的心不见起伏。当我们一起
坐在火边，我耳中传来叹息之声，

几乎不知如何传来,来自哪里。
我拿起手杖,当我亲吻她的孩子,
她的眼里含着泪。我尽量给她
最大的安慰和希望,然后离开了她; 390
她感谢我的好意,但似乎并未感谢
我所说到的希望。

"当报春花
还没有在阳光明媚的山坡上,
把春天那最早的日子加以记录,
我回来了,又经过这一条路。
我看到玛格丽特悲伤而消沉,
她还没有丈夫的消息。若他活着,
她不知道他还活着;若他死了,
她不知道他已死了。从外表[ ]看,①
她似乎一如从前,但小屋透露出, 400
那如在梦中一般的手有多么疏懒。
地面并不干爽,也并不整洁,
壁炉不再给人安慰[   ],②
窗子也是灰暗的。她有几本书,
从前,它们曾一本压着一本,

---

① 此行有缺字。
② 此行有缺字。

颇为整齐地码放在墙角壁板前,
然而现在,它们散落在各处,
书页蓬乱,有的打开,有的合拢,
保持着当初掉在地上的样子。
孩子从母亲那里学会了悲哀的把戏, 410
在摆弄的各种物件之间发出叹息。
我又一次朝园子的门走过去,
更分明地看见,穷困和悲伤
正向她迫近:土壤是坚硬的,
已被杂草和缠结的枯草遮没,
看不到一条清晰的黑色丘陇,
也没有冬天的绿意。她的花草,
似乎大部分都已被啮食殆尽,
或被践踏在地上;有一圈稻草绳,
本来缠绕着一株小小的苹果树 420
柔弱的树干,现在落在了树根,
苹果树皮已被无人看管的羊啃破。
玛格丽特抱着孩子,站在我身边,
看见我望着那棵树,她说道,
'我怕,罗伯特还没有回来,
树就已经死了。'我们两个人
一起回到了屋里,她询问我,
是否还心存希望。她说,若非
为了孩子,为了无依无靠的儿子,

她不愿再活,她必会伤心而死。　　　　430
但我看到,那闲置的织布机
依然在原处,他星期天穿的衣裳,
依然挂在它从前挂的钉子上,
他的手杖像从前一样立在门后。
当我被八月的风鞭打着又经过这里,
她告诉我说,她的婴孩死了,
她如今孑然一身。我还记得,
那一次她与我在泥泞的小路上,
一同走了一英里远,光秃秃的树
滴下雾水,她请求我不论到哪里,　　　440
都不要忘记打听她丈夫的消息。
任何一个人听见她说这些话,
都会黯然伤神。我们就此告别,
那是我们最后一次告别。从那时起,
又过了很多寒暑,我才又回到了
这一带。

　　"在漫长的五年之中,
她在困顿不安的孀居中迁延,
是妻子,也是寡妇。这样的处境,
一定让她心力交瘁。朋友,我听说,
在那破败的木架下——就在那边,　　　450
你能看到一枚头部软塌的伞菌——

她会半个安息日就那样呆坐着,
哪怕一只狗经过,她也会离开树荫,
朝远处张望。在这陈旧的长椅上,
她会一连坐几个小时,眼睛总是
望着远方,仿佛分辨出了什么,
令她心跳加快。你看到那小路吗?
如今灰白的路面上已生出青草,
在那条路上,有多少温暖的夏日,
她来来回回地走着,腰上缠绕着 460
一束亚麻,一步一步地后退,
纺着长线。① 然而只要一个男子经过,
他的衣服显出士兵制服的红色,
或走过一个穿士兵制服的跛脚乞丐,
那个坐着摇纺车的小孩就停住手,
她就会用那犹犹豫豫的声音,
发出许多茫然的询问,仍盼望着
能得到丈夫的消息。那些路人
无法给她安慰,他们走了过去,
她的心就变得越发悲凄。时常, 470
她站在那边拦挡着行人的门旁,
每当有一个陌生人骑马过来,
她就打开门栓,怅怅望着他的脸,

---

① 华兹华斯家附近多产渔网,织网者的动作即如此。

如果在那人的脸上看到一点
和善的表情,她就会兴冲冲地
大胆发出那令人辛酸的询问。同时,
她的茅舍破败了,因为他不在家中。
从前,每当十月的寒霜第一次降临,
他都会补好那些裂缝,用新稻草束,
修葺棕绿的屋顶。玛格丽特就这样　　　480
漫不经心地独自挨过漫长的冬天,
直到霜,雨,化冻,让这破屋坍陷。
她睡觉的时候,夜晚的潮气
使她胸口冰冷,刮风下雨的日子,
即使坐在自己家的炉火旁边,
也有风吹动她褴褛的衣衫。但是,
她仍爱着这不幸的地方,无论如何,
也不肯离开这里;她心爱的那条路,
这简陋的长椅,仍带给她苦恼的希望,
那希望扎根于她心里。她就在这儿,　　490
朋友,在病中淹留,就在这儿死去,
这断壁残垣里最后一个人类住客。"

老人停住了,他看出我深受感动。
我不由从那低矮的长椅上站起来,
虚弱地转过身,我无力感谢他
把这样的一个故事讲给我听。

我站在那儿，靠着园子的门，
回顾那个女人的痛苦，当我
在无奈的悲哀中，以兄弟般的爱
祝福她时，我仿佛得到了慰藉。　　　　　500
我长久地 [　　　　　]①
怀着温情，以更加平和的兴趣，
追寻着那隐秘的人类之精神，
在大自然安静与遗忘的倾向中，
在自然的植物中，杂草，花朵中，
无声的草木丛中，这精神仍长存。
老人看到这情景，开口说道，
"朋友，你已付出了足够的悲伤；
为了智慧之故，并不需要更多。
做明智而乐观的人吧，不再以　　　　　510
鄙陋的眼睛阅读万物的形态。
她睡在安宁的土里，这里很平静。
我还清楚地记得，那些羽毛，
那些杂草，那堵墙上高高的针茅，
雾和无声的雨点将它们镀上银光，
我有一次经过时，它们向我心中
传递了一种如此平静的形象，
在我纷乱的思绪中，它们这样安宁，

---

① 此行有缺字。

这样寂静,看起来是这样美,
我们从废墟与变迁中感到的哀痛, 520
绝望,人间转瞬即逝的种种情景
所留下的全部悲伤,都仿佛一个
虚妄的梦。有沉思存在的地方,
这个梦就不会存在。于是我转身,
在自己的路上继续欣然走下去。"

他说完了。这时夕阳正西沉,
射出柔和的斜晖,斜晖开始
映照着我们,当我们坐在树下
低矮的长椅上。得到这样的规诫,
我们感到美好的时刻正在降临。 530
一只红雀在大榆树上鸣啼,画眉鸟
发出清亮的歌声,各种悦耳的声音
从远处传来,充满在温和的空气里。
老人站起身,背起他的行囊。
我们一起向那无声的废墟望了一眼,
做最后的告别,然后离开了树荫。
星星在天空出现之前,我们来到了
一个乡村客栈,今晚休息的地方。

坎伯兰的老乞丐 ①

　　本诗中的老人所属的乞丐阶层,很可能不久将会消失。他们主要是穷人,大多老弱,按一定路线在周边行乞。在某些固定日子,他们总会在不同的房子得到施舍——有时是钱,多数时候是食物。

　　我在散步时看见一个老乞丐,
　　当时,他正坐在大路的旁边
　　几级低矮而粗朴的石阶之上。
　　石阶砌在一座高山脚下,这样,
　　从崎岖陡峭的山路牵马下来的人,
　　可以在那里轻松地重新上马。
　　老人把手杖横放在台阶最顶端
　　光滑的大石板上。村妇施舍的面粉
　　已经让他的袋子变成了白色。
　　他从那袋中取出散碎的吃食,　　　　10
　　严肃而目不转睛地一一检视,
　　仿佛徒然计算着。他坐在太阳下,

---

① 作于一七九八年一月至三月间,素体。

在那个小石堆的第二个台阶,
周围环绕着荒无人烟的群山。
他就那样坐着,独自吃着食物,
碎屑从他颤抖的手中簌簌落下。
他总是试图避免这样的浪费,
然而却总做不到,碎屑像小雨般
散落在地上,山中的小鸟们
还不敢来啄食终属于它们的食粮,　　　　　20
却已跳近到他的手杖中段的位置。

我从小就认识这老乞丐,那时,
他就已老迈,现在似乎并未更老。
他一直走在路上,这孤独的人。
他看起来如此衰弱,为了他,
那骑着马缓辔而行的人,不会
用漫不经心的手把施舍掷在地上,
而是勒住马的缰绳,把硬币安放在
老人的帽子里,也不会就这样离开,
当他放松缰绳,马继续前行,　　　　　　30
他仍会回过头来看一眼这老乞丐,
那目光是有些躲闪的。夏天,
当看管过路收费口的女人在门边
转动着纺车,如果看到老乞丐
从路上走来,她就会放下手中的活,

为他把门闩打开，放他过去。
在林间小路上，当赶车的人
那轧轧响的车轮要超过老乞丐时，
车夫会从后面喊他，如果，碰巧，
老人并没有改变自己的路线，   40
车夫就会把车轻轻赶到路边，
慢慢地过去，而口中并没有
一句咒骂，心中也没有怒意。
他一直在路上，这孤独的人，
再没有人比他更老了。他的眼睛
朝向地面，他向前移动的时候，
他的目光也在地面上向前移动。
他看到的不是众人常见的景象，
——村民劳作的田野，山，谷，
头顶的蓝天——他的眼睛总是   50
只看到一小块地面。日复一日，
他佝偻着身子，目光永远对着地，
走着疲惫的旅途，总是看见——
又恍若没有看见——一根稻草，
一片落叶，或者，在一条车辙中，
手推车或马车轮上的钉子的痕迹，
印在发白的路面，连成一条线，
间隔着同样的距离。可怜的流浪者！
他的手杖拖在身后，他的双脚

几乎不惊起夏日尘埃,他的容止   *60*
是如此安静,农舍的那些狗,
在他从门口经过之前,都转开头,
懒得向他吠叫。小男孩,小女孩,
闲的人,忙的人,青年男女,
刚穿马裤的顽童,都超过了他,
甚至缓慢的四轮车也超过了他。

但政治家,不要觉得他是多余的!
你自命不凡,这样焦躁不安,
你手中总拿着一把扫帚,要扫除
这世上的碍眼之物;你踌躇满志,   *70*
当你骄傲地思量着你的才干,
权势,智慧,不要把这乞丐看作
世上的负担。依照大自然的法则,
被造的万物中哪怕最渺小的,
万物中形貌最丑陋,最粗蛮的,
最鲁钝,最有毒的,都不缺乏善,
都是善的一种精神,一种搏动,
都是与万物不可分的生命和灵魂。
当这老乞丐拖着他迟缓的脚步,
从一个门口走到下一个门口,   *80*
村民们在他身上看到了一个记录,
保存着过去的行为,过去的善举,

它们本已被忘记；他就这样维系着
村民的为善之心，否则岁月的流驶，
不完整的经验给予的不完整智慧，
会让他们钝于感受，必会让他们
一步步屈服于自私和冷漠的思虑。
在农田之间，孤立的小屋之间，
农庄和稀稀落落的村子之间，
只要是这老乞丐走到的地方， 90
习惯的温和力量就驱使着人们
必然做出爱的举动；习惯的作用
不亚于理性，也引致事后的愉悦，
那同样是理性所珍视的。就这样，
虽已不再有那甜蜜的快感追随，
灵魂已在不知不觉中更倾向于
德性和真正的善。也有一些人，
一些高贵而惯于深思的心灵，
被自己的善举提升，他们创造的
喜悦与幸福，直到世界末日， 100
都将永存，扩散，燃烧；这种心灵，
童年时或许从这孤独的乞丐身上，
这无助的流浪者身上，获得了
同情心与思考最早的轻微触动
（那远比所有的书本更加有力量，
也远比爱的关切更加有力量），

由此，他们发现了自己与那个
充满匮乏与悲哀的世界的亲缘。
那无忧无虑的人坐在自家门口，
如同从碧绿的墙头悬在他头上的梨，　　　　110
畅饮着阳光；年轻力壮的人，
无所用心的富足的人，那些
有荫庇的人，欣然生活在亲人们
围成的小树林里，人人在他身上，
都看到无声的警示，在他们心中，
这必定会留下一个短暂的念头，
一种自我庆幸；他让每个人
都想起了自己所特有的幸福，
自己享有的特权，自己的侥幸。
这老乞丐并没有带给任何人·　　　　　　120
坚忍或者谨慎，以保存他们
现有的幸福，不致挥霍眼下
无风浪的时光，但他也许至少
让人们有所感——这也是特别的贡献。

还不止于此。——我相信有很多人，
都过着一种正派而守礼的生活，
在听到十诫的时候，他们的心中
不会有自责，他们严格遵循着
自己所居住之地的道德戒律，

同时，对住在同一屋檐下的人， 130
对自己的亲人，亲生的儿女，
这样的人也并不会疏于种种
温柔的情感，或者爱的举动。
我们赞美这种人，愿他们安睡！
——但是，如果你去问那穷人，
那卑微的穷人，如果你去问他，
在这样漠然戒除恶行的时候，
在这样必然发生的善举之中，
是否蕴含着什么能满足人的灵魂？
没有。人于人是宝贵的。最穷的人， 140
在疲惫的人生中也渴望一些时刻，
让他们也能知道，也能感到，
自己是一些微小幸福的施主，
给予者，让他们也知道自己曾
善待那些需要善待的人，只因为，
我们都共同拥有一颗人的心灵。
——有一个人就深知这种快乐，
她是我的邻居，每到星期五，
尽管她自己也被穷困所压迫，
她都会细心而准时地从厨柜中， 150
取出满满一把放入老乞丐的袋子。
当她从家门口折回来的时候，
她总是怀着高高兴兴的心情，

坐在炉火旁边，憧憬着天国。

那么就让他走过去吧，祝福他！
世事的潮水将他引入无边的孤独，
在那样的孤独之中，他仿佛
只为自己而呼吸，只为自己活着，
无人责备他，也无人伤害他。
但让他携带着上天慈悲的律法　　　　　　　　*160*
在他周围布下的善，当他还活着，
让他继续促使那些不识字的乡民，
做出善举，促使他们陷入沉思。
那么就让他走过去吧，祝福他！
只要他还能够流浪，就让他
呼吸山谷的清新，让他的血液
与寒霜，与严冬的风雪搏斗，
让我们允许席卷着荒野的风，
把花白的头发吹在他憔悴的脸上。
尊重他的希望吧，它带来的生机　　　　　　　*170*
与焦思，是他对人世最后的牵挂。
但愿收容所不要以恪尽职守之名，
囚禁他——那逼仄之地的吵嚷，
空气中充斥的摧残生命的喧嚣。
让他得到一个老人应有的安静；
让他在山中也并不感到枯寂，

让他周围有林中群鸟的欢鸣，
不论他是否能够听到那鸟鸣。
他的乐事寥寥可数。他的眼睛，
在漫长的过去已这样熟悉大地，　　　　*180*
如果他的眼睛不再能看到太阳
在地平线升起或落下，那么至少，
让阳光无碍地进入他倦怠的眼眸。
在他愿意的地方，他愿意的时候，
让他能坐在树下，或坐在大路边
青草丛生的石堆上，让他与小鸟，
分享他偶然获得的食物。最后，
就如他在大自然的注视下活着，
就让他在大自然的注视下死去。

布莱克婆婆与哈里·吉尔①

啊,是怎么回事?怎么回事?
年轻的哈里·吉尔为什么这样?
为什么他的牙齿格格不止,
格格,格格,不停地作响?
马甲,背心,哈里并不缺,
上好的灰呢,细密的法兰绒,
一条毛毯在他的背上紧裹,
还有几件大衣,够盖住九个人。

无论是三月,十二月,七月,
对哈里·吉尔来说一成不变,　　　　10
邻居们会告诉你,实话实说,
他的牙齿一直打战,打战。
无论早晨,中午,还是晚上,
对哈里·吉尔来说一成不变,
无论天上是太阳,月亮,

---

① 作于一七九八年三月七日至十三日,每段韵脚格式为 ababcdcd。

他的牙齿一直打战,打战。①

哈里曾年轻力壮,贩卖牲畜,
谁有他那样强壮的体格?
他的脸红润得像红色的苜蓿,
他一个人的嗓门抵得上三个。　　　　　　　20
布莱克婆婆却衰老而贫穷,
她粗茶淡饭,缺吃少穿,
每一个从她门口经过的人,
都看得出她的小屋多么贫寒。

她整天在破屋中纺织不停,
天黑后三小时依然在织布,
唉,可是,何消我言明,
她赚的钱还不够买那些蜡烛。
这位老妇人住在多塞特郡,
小屋坐落在一个寒冷的山坡。　　　　　　30
在那一带,煤是昂贵的物品,
从远方运来,经过许多波折。

我知道,两个贫穷的老妇人,
常常会在一间小屋里同住,

---

① 这一段的韵脚为ababcbcb。

在同一堆火上把汤水煮炖，
可怜的布莱克婆婆却是独居。
夏天到来的时候倒也不坏，
漫长，温暖，轻盈的夏天，
这时那老婆婆心情畅快，
像红雀一般欢愉，坐在门前。　　　　　　40

但当寒冰封住了我们的小河，
那时她的老骨头怎样抖颤！
若遇到布莱克婆婆，你会说，
日子对她而言委实艰难！
她的傍晚过得枯寂而无聊，
你可以想想，多么可悲，
她因为冷而爬上床去睡觉，
又因为冷而根本无法入睡。

她多么高兴！每当冬天，
狂风在深夜里奔走号呼，　　　　　　50
大片的碎木，枯朽的枝干，
被风裹挟着散落到各处。
然而每个认识她的人都说，
不论她健康还是病体缠绵，
都不曾有一堆木头，柴禾，
能让她连续地暖和三天。

当严霜超出她忍耐的限度,
她可怜的老骨头冻得生疼,
对于布莱克婆婆,还有何物,
能比一道旧篱笆更加诱人? 60
不得不说,偶尔,并非经常,
当她的老骨头感到彻骨寒气,
她就离开她的火,或离开床,
到哈里·吉尔的篱笆那里。

很久以来哈里就在疑心,
布莱克婆婆擅入了他的田产,
他发誓要对此一查究竟,
他发誓要报复她的不端。
他常常离开家中温暖的火旁,
沿一条路走向自己的田地, 70
大晚上,他也不顾雪霜,
为捉布莱克婆婆而守在那里。

有一次在一垛大麦秸秆后面,
哈里正那样站立着守候。
天上一轮圆月辉光莹然,
寒霜撒满了收割后的田畴。
他听到了动静,马上警觉,
又来了? 他悄悄顺山坡而下,

蹑手蹑脚——正是布莱克婆婆,
她又来抽哈里·吉尔的篱笆。　　　　　　80

他看到她的时候,欢喜无限,
布莱克婆婆正扯出根根木棍,
他站在一丛接骨木的后面,
直到她装满自己的围裙。
当她转过身,兜着那些木柴,
正要走上回家的那条小路,
他大叫一声,跳了出来,
朝可怜的布莱克婆婆扑过去。

他恶狠狠地抓住她的胳膊,
他把她的胳膊紧抓住不放,　　　　　　90
他恶狠狠地摇晃她的胳膊,
"我总算捉住了你!"他大嚷。
老婆婆并没有一句言语,
任那些木柴从围裙掉到地面。
她跪在木柴上祈祷上帝,
上帝——那世间一切的法官。

她高举着一只枯槁的手祈祷,
当哈里仍紧抓着她的胳膊,
"上帝,有什么是你不能听到?

愿这个人将来永不再暖和！"　　　　　　　　　*100*
冷冷的月亮从头上照着她，
老婆婆这样跪着祈祷上帝，
年轻的哈里听到她说的话，
感到浑身冰冷，转身离去。

第二天他一直抱怨不休，
说自己觉得冷，冷不可言，
他脸色阴沉，心中哀愁，
哈里·吉尔过了怎样的一天！
那天他穿一件骑马的外套，
却感觉不到丝毫的暖意，　　　　　　　　　　*110*
星期四他添加了一件外套，
安息日前他套了三层外衣。

但都是徒劳，都不管用，
他全身紧裹了几条毛毯，
上下颌与牙齿却依然抖动，
仿佛风中一扇窗没有关严。
哈里开始变得日渐消瘦，
见到他的人们纷纷都说，
显然，不管他能活多久，
他再也不会感觉到暖和。　　　　　　　　　　*120*

他对谁都没有只言片语，
在床上床下，向青年，老人，
但他一直对自己咕哝一句，
"可怜哈里·吉尔好冷好冷"。
无论床上床下，白天晚上，
他都牙齿打战，格格，格格。
农夫们啊，请你们想一想，
想想哈里·吉尔和布莱克婆婆。

山楂树 ①

有一株山楂树这样苍老,
会让你觉得很难判断,
它从前是否曾年轻过,
它看起来如此苍老灰黯。
它还不到两岁的孩子高,
直立着,这衰老的山楂树,
没有树叶,也没有尖刺,
仿佛一堆疙瘩盘屈在一起,
这样一株惨淡可怜的植物。
它直立着,像一块灰岩,   10
上面已经被地衣裹满。

它像块岩石,地衣裹着它,
一直裹到它的最顶部,
沉重的苔藓累累垂下,
令人黯然神伤的一簇。

---

① 作于一七九八年三月。每段十一行,韵脚格式为 abcbdeffegg。

这些苔藓从地面爬上来,
把这株山楂树紧紧捆绑,
这样紧,你简直可以说,
它们的用心非常明确,
就是要把它拉到地上。　　　　　　　　　20
它们都怀着同一个企图,
要永远埋葬这可怜的山楂树。

那是一座高山最高的所在,
那里常刮着冬日的寒风,
风裹着云,像镰刀一样,
吹刮在一条条山谷之中。
离那条山路不到五码远,
你在左边看到这山楂树,
左边再向外三码远的地方,
你会看到一个小小的泥塘,　　　　　　　30
塘中的积水从不曾干枯。
我量过那水塘两侧的距离,
它有三英尺长,宽两英尺。

就在这苍老的山楂树旁边,
情景却异常清新美好,
那是一小丘亮丽的苔藓,
小丘还不足半英尺高。

小丘上有一切可爱的色彩,
世间的缤纷色彩应有尽有,
苔藓连缀成精致的网, 40
仿佛有一个美丽的女郎,
亲手将这一件作品织就。
苔藓中的花朵那样耀眼,
深红的色彩是那样鲜艳。

那里有多么可爱的色泽!
橄榄青,猩红——如此明快,
形如花穗,枝条,或者星星,
缤纷的绿,红,珍珠白。
小丘的土上长满了苔藓,
你能看到它,在山楂树一侧, 50
它种种的色彩如此悦人,
它的大小像一个婴儿的坟,
太像了,叫人难以分别。
但无论何时,无论何地,
婴儿的坟都不及它一半美丽。

你如果想看这苍老的山楂树,
这水潭,这美丽的一丘苔藓,
你得小心,要越过那山顶,
你必须挑选合适的时间。

因为常有个女人坐在那里,　　　　　　　　　60
一边是婴儿坟墓般的小丘,
另一边是我说过的水塘,
那女人披着件红色的衣裳,
自说自道,哭诉不休:
"天可怜见,天可怜见!
我多么悲惨,多么可怜!"

不论是昼夜,不论何时,
那悲哀的女人都会到山顶,
每一颗星星都认得她,
还有每一阵吹过的风。　　　　　　　　　　70
她会坐在那山楂树旁边,
当天空一片蔚蓝的时候,
当有旋风从山上吹过,
当含霜的空气凛冽而静默。
她自说自道,哭诉不休:
"天可怜见,天可怜见!
我多么悲惨,多么可怜!"

"为什么,不论白天黑夜,
冒着雨雪,冒着风霜,
这不幸的女人都去那里,　　　　　　　　　80
都去那一片荒凉的山上?

她为什么坐在那山楂树旁边,
当天空一片蔚蓝的时候,
当有旋风从山上吹过,
当含霜的空气凛冽而静默,
为什么她会哭诉不休?
为什么,为什么,请你言明,
为什么她发出一阵阵哀声?"

我希望说得清,却做不到,
没有人知道真正的原因。 90
但如果你乐意看看那所在,
那个她时常前往的山顶,
那婴儿坟墓一般的小丘,
水塘,那苍老灰黯的山楂树,
你可以从她常开着的门口走过,
如果你瞥见她没有离开茅舍,
你就放心前往那一个去处。
因为,当她在山顶之时,
我从未听说有人敢接近那里。

"但为什么,究竟为什么, 100
这不幸的女人总去那山顶,
不论哪颗星在天空闪烁,
不论吹刮着怎样的风?"

你绞尽脑汁也是徒然。
我会把我所知的都说出来,
但我希望你到那山楂树之旁,
我希望你能看看那水塘,
它就在山楂树几步之外。
也许当你到了那一个去处,
对于她的事会若有所悟。　　　　　　　　110

我且尽可能地帮助你吧,
当你还没有走上那山坡,
当你还没到那萧索的山顶,
让我告诉你我所知的一切。
她的名字叫玛莎·雷伊,
那是在大约二十二年前,
她满怀着少女的真情厚意,
追随一个叫斯蒂芬·希尔的男子。
她是那样活泼而烂漫,
每当斯蒂芬出现在她心中,　　　　　　120
她就忍不住,忍不住高兴。

他们的婚期也已经定下,
那天早晨他们将交换誓约,
然而斯蒂芬对另一个女人,
却已做出了另外的承诺。

斯蒂芬是这样薄情寡义,
就跟那女人去教堂成婚。
可怜的玛莎!那痛苦一天,
他们说无情、无情的火焰,
仿佛将她的骸骨烧焚。 130
她的身体几乎烧成了炭灰,
大脑几乎像火绒般烧毁。

他们说此后过了整整半年,
当夏日的绿叶依然葱茏,
她会向那个山顶走去,
人们常看见她在那山中。
人们说她腹里怀了孩子,
现在人人都看得清楚,
她怀了孩子,她已疯狂,
但她常常也清醒而哀伤, 140
为了她心中强烈的痛苦。
那残忍的父亲怎么不去死!
我真希望他死上一万次!

多么悲惨!这女人疯了,
腹中却有个孩子在生长,
你可以想象,这多么悲惨!
当她的头脑变得如此疯狂。

去年圣诞节我们谈起此事,
老农夫辛普逊一直坚持说,
那在她腹中蠕动的孩子, 150
改变了作母亲的心思,
让她的头脑重新明澈。
最后,当她终于要临盆,
她神情平静,心智清醒。

我所知道的只有这些了,
我也希望能告诉你更多,
然而没有任何人知晓,
那个可怜孩子的下落,
也并没有任何人知道,
她究竟是否将孩子生出, 160
如我所言,也无人能说,
孩子坠地时是死是活。
但有些人记得很清楚:
大概就从那一段时间,
玛莎开始常常攀登这高山。

那整个冬天,夜晚降临,
当有寒风从山顶吹落,
你不妨在沉沉的黑暗之中,
将教堂墓地里的小径寻索。

因为很多时候你会听见, 170
从山头传来一阵阵呼声,
有些显然出自活人之口,
但我听到不少人对天赌咒,
说有些是死者发出的声音。
不论怎样讲,我不能断言,
那些声音跟玛莎·雷伊有关。

但她会到老山楂树那儿去,
那山楂树我已对你描述过,
她会披着红斗篷坐在那里,
这一点我证实千真万确。 180
因为有一天我带着望远镜,
想眺望浩瀚耀眼的海洋,
我是第一次来到这地区,
尚不曾听说玛莎的名字。
我攀登到了那高山之上。
这时暴风雨袭来,我看到,
周遭的一切都不及我膝盖高。

一阵阵雨雾,一阵阵风,
我找不到任何篱笆或屏障,
而那风!同寻常的风相比, 190
要猛烈十倍,毫不夸张。

我环顾四周,我看到,
仿佛有一块突出的山岩,
我顶着大雨跑了过去,
想要到那块山岩下躲避。
但我对天赌誓,我发现,
那并不是一块山岩嵯峨,
而是一个女人在地上蹲坐。

我没说话,看到她的脸,
已经足够——那样的脸, 200
我转身听到了她的哀鸣,
"天可怜见!天可怜见!"
她总那样坐着,当深蓝的夜空,
月亮走完了一半的路途,
当轻轻地吹来一阵阵风,
让水塘中的水微微波动——
乡民们对此都非常清楚——
她战栗着,你听到她呼喊,
"天可怜见!天可怜见!"

"但山楂树、水塘对于她是什么? 210
那一小丘苔藓对于她是什么?
那振动了水塘的一阵微风,
那一阵微风它又是什么?"

我无法回答,但有些人说,
她在那山楂树上缢死了孩子,
有人说她把孩子溺死在水塘,
那离山楂树几步远的水塘,
但有一点人们都没有异议:
她的婴儿就埋在那里边,
在那一丘美丽的苔藓下面。 220

我听说小丘上猩红的苔藓,
是那可怜婴儿的鲜血染红,
但杀死一个新生的婴儿!
我不相信她会有这样忍心。
有人说如果你去水塘边,
目不转睛地凝视着水里,
你会看到一个婴儿的身影,
一个婴儿,婴儿的面孔,
那婴儿正从水中看着你。
不论你何时再转向水塘, 230
那婴儿又分明在向你凝望。

也有一些人信誓旦旦地说,
应该给予她法律上的惩处,
他们还曾想过拿起锄头,
去寻找那可怜孩子的尸骨。

然而那一丘美丽的苔藓，
开始在他们的眼前摇曳，
周围五十码的范围之中，
地面上的青草都随之摇动。
但所有的人依然斩钉截铁： 240
那小小的婴儿就埋在里边，
在那一丘美丽的苔藓下面。

我说不清这是怎么回事，
但确实有一层又一层苔藓，
将那一株山楂树紧紧裹住，
一心想把它拉到地面。
我还知道，有多少回，
当那女人在高高的山顶，
无论是白天还是静夜，
当群星在夜空历历闪烁， 250
我都听见过她的哀声：
"天可怜见！天可怜见！
我多么悲惨！多么可怜！"

痴呆的少年 ①

八点钟,三月的一个清夜,
深蓝的夜空挂着一轮明月,
在浸满月光的空气中,
何处传来猫头鹰的叫声,
它拖长着孤独的叫声,
哈鲁,哈鲁,绵延不绝。

——你为何这样在门口忙乱,
贝蒂·弗伊,你是何用意?
你为何这样焦躁愁烦,
你为何把他放上马鞍,   10
那痴孩子,你对他一直爱惜?

在这样明亮的月光之下,
贝蒂摆弄些马具倒也不妨,

---

① 作于一七九八年。除第一段六行、最后一段七行外,每段五行,韵脚格式为 abccb。

肚带，马镫，哪怕筋疲力尽，
但她为什么把她疼爱的人，
那痴孩子，放在马鞍之上？

此时人人都已经躺在床上，
好贝蒂！快把孩子抱下去。
他快活地发出咕噜噜的声音，
但是，贝蒂！马鞍，马镫，　　　　　　20
缰绳，跟他能有什么关系？

世人会说你有些莫名其妙，
请想想夜已经如此深沉。
世上所有母亲，不论哪一个，
如果她得知你此时的动作，
唉，贝蒂！她都会吃惊。

但是，贝蒂的心意已决，
因为苏珊·吉尔，她的好邻居，
独自居住的年迈的苏珊，
正在病床上发出声声哀叹，　　　　　　30
仿佛随时可能一命归西。

一英里内没有别的房子，
无人能在急难时伸出援手。

老苏珊痛苦地躺在床上,
她和贝蒂两人都感到迷茫,
不明白这病是什么缘由。

贝蒂的丈夫此时在森林里,
他一星期一星期住在林中,
将遥远山谷的树木采伐。
可怜的苏珊·吉尔,谁来帮她, 40
怎么办?会有何事发生?

贝蒂从小路上牵来了马,
这匹小马总那么温驯忍耐,
不论它是高兴还是苦恼,
不论它沿小路信步吃草,
还是从树林里驮柴禾回来。

小马精神抖擞,整装待发,
贝蒂·弗伊在月色之中,
把她的宝贝,痴呆的乔尼,
放上了那匹小马的背脊, 50
这种事人们还闻所未闻。

那痴孩子须得立即上路,
他须得经过山谷里的小桥,

经过教堂,越过丘陵地带,
从镇上带一个医生回来,
否则老苏珊就性命难保。

用不着皮靴,用不着马刺,
也用不着鞭子或者手杖,
乔尼手持一根冬青树枝,
他就挥舞着那绿色的树枝, 60
口里不住地发出叫嚷。

乔尼是贝蒂的心肝宝贝,
她一遍遍叮嘱,桩桩件件,
哪里朝前走,离哪里远些,
什么该做,什么不该做,
怎么向左转,怎么向右转。

贝蒂尤其反复叮嘱孩子,
"乔尼!乔尼!千万要记住,
你得回家来,切不可停留,
不论发生什么,都朝家走, 70
我的乔尼,求你千万记住。"

乔尼点着头,摇晃着双手,
算是对母亲的话做出回应。

他骄傲地摇动马的辔头,
嘴里一串串嘟噜噜不休,
而贝蒂几乎都能够听懂。

现在,乔尼就要出发了,
贝蒂虽忙得几乎乱了方寸,
这时却轻拍小马的肋部,
痴孩子须得骑着小马上路, 80
她仿佛又变得淡定从容。

但是当小马移动了脚步,
啊,那可怜的痴孩子乔尼!
他欢喜得几乎握不住缰绳,
他欢喜得头脚就像在雾中,
他欢喜得整个人都要飞去。

当小马移动了脚步,看!
乔尼左手拿着的绿树枝,
一动不动,如枯枝一样,
他头上那闪着清辉的月亮, 90
也不如他那样沉默,静止。

他心里如此充满了喜悦,
就这样一直走出五十多码。

他几乎忘了手里的冬青树枝,
还有他全套的骑马本事,
啊,乔尼的快活难以描画!

此时贝蒂站在房门旁边,
为自己骄傲,为孩子骄傲。
她脸上高兴得熠熠生光,
她看到乔尼骑马有模有样, 100
她看到他镇定地骑马上道。

她的痴孩子这样镇静无声,
希望在贝蒂心中燃烧起来。
他到了路标柱,向右转,
贝蒂望着,终于望他不见,
直到这时她仍不愿离开。

现在乔尼发出咕噜噜的声音,
很响亮,跟石磨的声音无异。
小马朝前走,羔羊般温顺,
乔尼发出他喜爱的声音, 110
贝蒂倾听着,满心欢喜。

她赶回到苏珊·吉尔身旁,
而乔尼的快活丝毫未减。

猫头鹰叫着,"哈鲁","咕咕",
乔尼的嘴唇在嘟噜嘟噜,
月光下他骑着马继续向前。

他和他的坐骑无比般配,
因为这匹小马,人们常说,
纵使它失去了耳朵和眼睛,
纵使它活到一千岁的高龄,   120
也不会有一回闷闷不乐。

但这是一匹爱思考的小马!
它思考的时候就放慢脚步。
它虽然对乔尼很是熟稔,
可现在它无论如何弄不清,
自己背上坐的是何许人物。

一人一马走过月下的小径,
在月下的山谷中走出很远,
经过了教堂,越过丘陵,
去到小镇上带一个医生,   130
解救那卧病在床的老苏珊。

此时贝蒂在苏珊的身旁,
把她的故事刚讲到一半,

说乔尼很快会找来人帮忙,
关于乔尼的机智和荣光,
她讲了许多有趣的事件。

贝蒂一直在苏珊的身边,
这时她已经不那么慌乱。
她端端正正,坐在那里,
双手捧着粥碗和盘子,   *140*
仿佛一心只挂念苏珊的平安。

但贝蒂这可怜的好女人!
你从她脸上能清楚看出,
从那取之不竭的一个时刻,
她能借出五年的幸福或更多,
给任何人,如果谁需要幸福。

然而我猜想,偶尔的时候,
贝蒂也并非万事如意。
她侧耳倾听路上的动静,
她听到路上传来很多声音,   *150*
那些她都没有向苏珊说起。

可怜的苏珊不住地呻吟,
贝蒂大声说,"他一定会回来,

不会有错,就像有月亮在天,
他们俩一道,现在快十点,
十一点前他们会一道回来。"

可怜的苏珊不住地呻吟,
十一点的钟声准时敲响。
贝蒂说,"如果乔尼已走近,
他马上就会赶到这屋中, 160
不会有错,就像天上有月亮。"

半夜十二点的钟声响起,
然而乔尼还是没有现身。
贝蒂看见明月在高天,
但她是如此忐忑不安,
苏珊这一夜胆战心惊。

半小时之前,一想到乔尼,
贝蒂不由得心中懊恼,
"这游手好闲的小东西!"
她还有一长串的恶言恶语, 170
如今她的怒气已云散烟消。

如今她心中沮丧而沉重,
曾经的快乐不见了影踪。

"他怎么还是迟迟不来?
必定是医生让他久久等待,
苏珊!他俩很快就到家中。"

苏珊的病情一刻重似一刻,
贝蒂实在不知道如何是好。
周围也没有人来告诉她,
她是该离开还是该留下,   180
她真不知道该如何是好。

半夜一点的钟声响了,
然而月光下的小路之上,
还是没有出现乔尼和医生,
没有一匹马,没有人影,
而贝蒂仍守在苏珊身旁。

苏珊开始害怕了起来,
想到种种悲惨的祸事。
也许乔尼已溺水而亡,
也许他已失踪,不知去向,   190
那她俩一辈子都追悔莫及。

她吞吞吐吐地透露了疑虑,
先说,"上帝保佑,不会如此!"

苏珊的话刚一出嘴唇,
贝蒂立即从床上起身,
大声说,"苏珊,我本该陪你。

"但我马上得走,马上得去,
你想,乔尼并不是那么聪明。
苏珊,我们必须把他照顾好,
如果他伤了性命,伤了手脚," 200
可怜的苏珊说,"绝不可能!"

贝蒂边走边说,"我能做什么?
我做什么能让你的痛苦稍减?
苏珊你告诉我,我就留下,
你情况不妙,我真的害怕,
我过一会儿就回到你身边。"

"好贝蒂,你走吧,走吧,
什么也无法减轻我的痛苦。"
贝蒂一边走一边祈祷神,
求神饶了苏珊的性命, 210
在自己回来前让苏珊挺住。

贝蒂从月光下的小路穿过,
远远地走进月光下的山谷。

要说到她怎样跑,怎样走,
怎样自言自语,絮絮不休,
那这故事真的会长不可读。

四面八方,高低上下,
见到的一切,大小圆方,
她都看成乔尼,高塔,孤木,
树丛,灌木丛,或黑或绿, 220
她到处都看见乔尼的形象。

当她经过了山谷中的小桥,
一个念头折磨着她的心。
乔尼也许从小马上下来,
想把河里的月亮捕捉入怀,
从此就再也没了音信。

现在她走到了高坡之上,
独自一人,向四方远眺。
在羊齿丛中,金雀花丛中,
并没有孩子或小马的踪影, 230
没有医生,或他的向导。

"圣人啊!他出了什么事?
也许他爬到了一株橡树上,

待在上面,死也不肯下来。
或者,也许他已经被诱拐,
跟着那些吉卜赛人去流浪。

"也许那可恶的小马驮着他,
走进那深洞,妖灵的殿宇。
也许他走进了那座古堡,
在鬼魂中间,性命难逃,   240
也许他正在瀑布边游戏。"

贝蒂急急忙忙朝镇上赶去,
一边开始抱怨可怜的苏珊:
"要不是苏珊病得这样重,
我的乔尼,哪怕到我寿终,
本来会一直守在我身边"。

可怜的贝蒂这样怒气冲冲,
包括那医生也没有放过。
她说了很多过分的胡话,
连牲畜中最温和的那匹小马,   250
也没有能逃脱她的指责。

现在,贝蒂来到了小镇之上,
急忙朝医生家门口走去。

周围并没有丝毫的声响,
镇子是这么广大,这么长,
然而像夜空一般静寂。

现在她来到医生家门口,
她抓住门环,敲了又敲。
窗口出现了医生的身影,
他朝窗外探望,睡眼惺忪, 260
一只手摩挲着破旧的睡帽。

"医生!我的乔尼在哪里?"
"我来了,你有什么话?"
"我是贝蒂·弗伊,您认识我,
我那可怜的好孩子丢了,
您认识他,您常见到他。

他的头脑没有某些人灵巧。"
"鬼才管他灵巧不灵巧!"
医生说,看起来神色忿忿,
"我怎么认识他?你这女人!" 270
他咕哝着,回床上去睡觉。

"天可怜见!天可怜见!
就让我在这里丧命!丧命!

我以为能在这儿看到乔尼,
但远近都没有他的踪迹,
啊,我这个不幸的母亲!"

她站在那里,环顾四周,
分不清该选择哪一个方向。
如果她鼓起勇气再去叩门,
她的痛苦或许可以减轻,   *280*
——钟敲了三下,不祥的声响!

她急忙顺着小镇走下去,
难怪她如此魂不守舍。
这坏消息让她悚然而惊,
她完全忘了把医生叫醒,
将可怜的老苏珊·吉尔慰藉。

现在她高高登上了山坡,
顺着路能望出一英里远。
"惨啊!我今年眼看已六十,
这样的夜晚还不曾经历,   *290*
周遭没有一个人影出现。"

她侧耳倾听,但她没有听见
马蹄的声音,人语的声音。

一条条小溪发出潺潺水响，
你几乎能听到青草在生长，
听到草长，只有这时才可能。

猫头鹰依然在彼此呼唤，
呼声穿透了幽蓝的长夜。
它们是情侣，却不算亲密，
它们拖长的叫声如同啜泣，　　　　　　　　*300*
那声音在远山间回荡不绝。

可怜的贝蒂已放弃希望，
自杀的罪过攫住了她的心。①
她经过一个池塘，绿萍满池，
她从那池塘边快步逃离，
生怕自己会举身跳入水中。

现在她坐在地面上痛哭，
这样的眼泪她从未流过。
"亲爱的小马！我的宝贝，
求你把我的痴孩子驮回，　　　　　　　　*310*
我们再也不让你负载太多。"

---

① 基督教不允许人自杀。

她心中忽然闪过了一念,
"这匹小马一向驯良温顺,
我们待它也一向宽厚,
或许它在谷中一直向前走,
带着乔尼走进了树林。"

她跳了起来,像生了翅膀,
自戕的念头已荡然消失。
即使她看见五十个池塘,
这时候她再也不会去想   *320*
纵身跳进水里一死了之。

读者诸君!我盼望能讲讲
乔尼和小马此时的行踪!
我多盼望能用诗行写出
这段时间里他们有何遭遇,
那故事人人听了都会高兴。

也许——这并非不可能!
此时乔尼和他胯下的小马,
正信步徘徊在高崖、险峰,
他正想伸手摘一颗明星,   *330*
揣进口袋里,再带回家。

也许他从马背上转过身来,
把脸正对着小马的尾部,
然后他在惊喜中一声不吭,
仿佛一个无声骑士的幽灵,
就这样前进,沿着那幽谷。

也许此时他正在猎捕绵羊,
这一个猎手多么勇猛悍恶!
那边的山谷洁净,碧绿,
但若他出现,五个月工夫, *340*
那儿就会变成荒凉的沙漠。

也许他头脚燃烧着烈火,
仿佛他就是邪恶的化身,
骑着马一直奔驰啊奔驰,
会这样永远地奔驰下去,
令所有惧怕魔鬼的人心惊。

十四年来我恪守牢固的契约,
臣服于缪斯,为她们效劳。
温柔的缪斯们!让我谈谈,
纵使我只说出他遭遇的一半, *350*
因为他的历险必定无比奇妙。

温柔的缪斯们!这样无情?
你们为何驳回我的请求?
为何你们不肯多帮帮我?
难道你们忍心这样抛弃我?
而我对你们的爱如此深厚。

那边有一条轰鸣的瀑布,
在明月下闪着皎洁的光。
瀑布边是谁,无忧无虑,
仿佛天下太平,万事如意, 360
谁端坐在一匹吃草的马上?

马在随意地啃啮着青草,
我觉得他似乎放松了缰绳,
他也不望一眼天上的星月。
传奇故事里才有这样的情节,
——是乔尼!我以性命保证。

他骑的正是那一匹小马。
那么贝蒂·弗伊,她在哪里?
恐惧几乎让她难以承受,
她听到了瀑布在咆哮奔流, 370
却仍看不见孩子的踪迹。

你的小马堪比等重的黄金,
贝蒂,请将你的心胸放宽!
她从那树丛中走了出来,
现在一清二楚,明明白白,
她看到了痴孩子,她的心肝。

贝蒂也看到了那匹小马,
好贝蒂,你为何站着发呆?
那不是妖怪,不是幽灵,
你一直在寻觅他的影踪,　　　　　　　　　　　　380
是你的痴孩子,你的挚爱。

她看了又看,举起双臂,
尖叫着,欢喜得挪不动脚步。
然后她奔过去,如激流冲下,
几乎撞翻那一匹小马,
她把痴孩子紧紧抱住。

乔尼嘟噜着,大声笑着,
是因为自己聪明还是高兴?
我说不清;但他笑的时节,
贝蒂如同醉酒一般快活,　　　　　　　　　　　　390
她又听到了痴孩子的声音。

贝蒂一会儿跑到小马的尾部,
一会儿又跑到小马的头部,
忽而到这边,忽而到那边,
她的胸口已经被欢喜填满,
她落下几颗心酸的泪珠。

她把自己心爱的痴孩子,
亲了又亲,亲个没完没了。
她跑到哪里都觉得高兴,
她在哪里仿佛都不得安宁, 400
她高兴得忍不住手舞足蹈。

她快活地轻轻拍打小马,
不由自主,也不管拍到哪里!
或许那匹小马也很快活,
但它比贝蒂要镇定得多,
它的快活几乎不露痕迹。

"乔尼,管它什么医生!
你已经尽力了,这就足够。"
贝蒂边说边抓过缰绳,
把小马的头轻轻拨动, 410
从奔腾的瀑布边朝家里走。

这时星星几乎都已经隐没,
月亮正在山头沉落下去,
那样不显眼,那样朦胧,
小鸟已开始悄悄活动,
虽然它们仍缄默不语。

小马,贝蒂和她的孩子,
在山谷的树林中迤逦而行。
那是谁?凌晨的旷野,
在崎岖的陡路上一跛一跛?   *420*
可不是老苏珊,哪有别人?

苏珊在床上思虑了良久,
种种疑惧让她心烦意乱。
她怕乔尼和贝蒂出什么意外,
心中的不安越来越厉害,
她的身体却一刻刻好转。

她翻身,在床上辗转反侧,
疑惧包围着她,从四面八方。
她一条又一条地琢磨分析,
当她心里这样如临大敌,   *430*
她的身体一刻比一刻强壮。

"哎呀!他们怎么样了?
我实在受不了这些疑虑,
我得去那树林。"话一出唇,
苏珊就从床上坐起身,
她的病已魔法般痊愈。

她匆匆上了小山又下山,
终于来到这一片树林。
她望见朋友们,大声召唤,
哦,那样一次欢乐的会面, 440
基督教世界里还闻所未闻。

猫头鹰还未唱出最后的歌,
我们的四位旅伴朝家中走去。
猫头鹰鸣呼了整个夜晚,
我的诗当初以猫头鹰开篇,
就让它也以猫头鹰结束。

因为当他们一起朝家走着,
贝蒂说,"乔尼,告诉我们,
这一个长夜你在哪里度过,
你听到了什么,看到了什么, 450
乔尼,快对我们说说实情。"

乔尼整晚听见猫头鹰的叫声，
在悦耳的音乐会中此起彼落。
天上的月亮他必定也看见，
因为从晚八点到凌晨五点，
他一直沐浴着溶溶的月色。

于是当他听到贝蒂的询问，
他像勇敢的旅行者这样回应，
（我将他的原话向你汇报），
"嘟呼，嘟呼，公鸡在啼叫，   *460*
冷冷的太阳闪耀在天空。"
——乔尼就这样自豪地答复，
这就是他旅途事迹的全部。

疯狂的母亲①

她目光狂乱,头上没有戴帽,
太阳把她乌黑的头发烤焦,
仿佛有斑斑的锈迹在她眉上,
她来自于海外遥远的地方。
有一个小孩抱在她怀里,
此外,她便是独自一人。
在干草垛下,沐着融融暖意,
在岩石之上,绿树林中,
她说着,唱着,在绿树之间,
英语是她所使用的语言。　　　　　　　　　10

"亲爱的孩子,他们说我疯了,
不是的,是我心中的快乐太多。
唱歌的时候我多么高兴,
当我唱起种种悲哀的事情。
可爱的孩子,你不要恐惧!

---

① 作于一七九八年三至五月间,每段韵脚格式为aabbcdcdee。

不要怕我,我求你这一点。
我可爱的孩子,在我怀里,
你将像在摇篮里一样平安。
我知道你带给我太多恩惠,
我岂能伤害你,我怎么会?   20

"曾经有烈火燃烧在我脑中,
我脑中曾有一种闷闷的疼痛。
恶魔的面孔,一,二,三个,
紧贴在我胸前,拉扯着我。
但接着我看到了欢乐的欣慰,
它的出现刹那间将我挽救,
我醒过来,看见了我的宝贝,
我的孩子,我活生生的血肉。
看到这情景我多么高兴,
因为他在那里,并没有别人。   30

"吃奶吧,孩子,再一次吮嘬,
这让我的血液和头脑冷却。
孩子,我能感觉到你的嘴唇,
它们吸走了我心中的苦痛。
啊,用你的小手抵住我身体,
它仿佛将我胸口的某物松开,
我能感觉到你小小的手指,

抵着那勒紧在我身上的束带。
我看见清风吹拂在树上,
给我们母子送来了清凉。　　　　　　　　　　40

"啊,孩子,爱我吧,爱我,
你是你母亲唯一的欢乐。
不要怕脚下有波涛汹涌,
当我们在海边悬崖上前行。
高高的悬崖也不能将我伤害,
还有一道道咆哮的急流,
在我的怀中躺着我的小孩,
他将我宝贵的灵魂拯救。
喜悦地躺着吧,我多有福气,
没有我,我的娇儿就会死去。　　　　　　　50

"别怕,孩子,为了你的缘故,
我可以像狮子般无所畏惧。
我将永远带着你向前走,
越过空旷的雪地,宽广的河流。
我要为你造印第安人的凉亭,
我知道铺软床该用什么树叶。
如果你不离开我,对我忠诚,
一直到我死都忠诚于我,
漂亮的孩子,那么你将歌唱,

快乐得像春天的小鸟一样。　　　　　　　　　60

"你父亲对我的胸脯不屑一顾,
可爱的孩子,你就在此安住。
它都是你的!它曾那样可爱,
如今它的颜色已然更改。
小鸽子,对于你它依旧美丽。
孩子,我从前的美貌已凋谢,
但你将爱我,与我在一起,
我可怜的脸已是棕色,那又如何?
那也没什么;你并没有看到,
若非如此,我的脸只会苍白枯槁。　　　　　70

"我的生命!别怕他们嘲笑你!
我是你父亲合法的妻子。
让我们生活在这舒展的树下,
让我们之间不说一句假话。
他若能抛弃自己可爱的小孩,
他又怎会与我厮守同住。
我的孩子不会受到他伤害,
可怜他却走上了凄凉的道路。
每一天你我都将为他祈祷,
他出走到远方,路途遥遥。　　　　　　　　80

"我要教我的孩子最甜蜜的事，
我要教他猫头鹰如何鸣啼。
孩子，现在你停住了小嘴，
腹中几乎已吃饱了奶水。
亲爱的孩子，你要去哪里？
你的神情为何如此凶恶？
啊，那神情看起来狂野无比，
它并非，并非是来自于我。
可爱的孩子，如果你也疯癫，
那么我注定将永世哀怨。　　　　　　　　90

"向着我微笑吧，我的羔羊，
因为我是你母亲，将你生养。
我对你的爱经受了重重考验，
我曾寻找你父亲，直到天边。
我知道何物有毒，在树荫下，
我知道能吃什么样的块根。
亲爱的孩子，你不要害怕，
我们会在树林中找到你父亲。
笑吧，快活吧，到树林中去，
孩子，让我们一起在那里永居。"　　　100

写给父亲们的一件小事
——如何传授谎言之艺术①

我有个男孩子②,五岁年纪,
他的脸看上去漂亮而新鲜,
在美的模子里塑就了他的肢体,
他对我深深地依恋。

一天早晨我们俩在路上散步,
始终未远离我们安静的家旁,
我们边走边说话,断断续续,
像平时习惯的那样。

我的思绪回到了从前的欢欣,

---

① 作于一七九八年四五月间。每段韵脚格式为abab,前三行四步,最后一行三步。
② 诗中的孩子指小贝泽尔·蒙塔古(little Basil Montagu),当时华兹华斯兄妹正照顾和教育他。

我想起吉尔辅①愉快的海滩,   *10*
我可爱的家,当春天来临,
在漫长的一年之前。

那一天的情境是如此特别,
我可以深深沉浸在回想之中,
仿佛有太多欢乐,用之不竭,
而丝毫感觉不到苦痛。

我的孩子在旁边,这样纤细,
穿着朴素的衣服,这样清秀。
我时不时向着他絮絮而语,
虽然似乎全没有来由。   *20*

跑来跑去有那么多只羔羊,
清晨的太阳明亮而和煦。
我说,"吉尔辅是个好地方,
利斯文农庄也是。

"我的孩子,你更喜欢哪边?"
我边说边抓住他的臂膀,

---

① 吉尔辅(Kilve):英国萨默塞特郡(Somerset)的一个海边小村,华兹华斯兄妹曾在那里短暂居住。

"吉尔辅,那快乐海滩边的家园,
还是这利斯文农庄?

"告诉我,你更喜欢哪里?"
我边说边抓着他的臂膀, 30
"是吉尔辅的碧海和沙地,
还是这利斯文农庄?"

他看着我,样子天真自如,
当我依旧抓着他的臂膀,
他说,"我更愿住在吉尔辅,
而不是利斯文农庄。"

"为什么?爱德华,请你相告,
我的小爱德华,请你说明白。"
"我说不清楚,我不知道。"
我说,"这确实奇怪。 40

"这里有森林,温暖的翠岗,
其中必定有什么缘故,
让你不愿意在利斯文农庄,
而选择碧海边的吉尔辅。"

此时,我那清秀的男孩子

垂下头去,并没有回答。
我把这问题重复了五次,
"说说缘故,爱德华。"

他抬起头,在视野之中,
他忽然清清楚楚地看到, 50
有个物件闪着光,就在房顶,
是个镀金的大风向标。

他的舌头仿佛解开了缠绕,
他对我做出了如下答复:
"在吉尔辅并没有风向标,
这就是我的缘故。"

最亲爱的孩子!从你那里,
我学到的实在太多,太多。
哪怕能教给别人其中的点滴,
我又何须更加渊博。 60

我们是七个①

天真的孩子,亲爱的吉姆兄弟,
一个轻轻呼吸的孩童,
全身都感受到自己的活力,
对死亡能知道几分?

我遇到过一个农家小姑娘,
她说她今年八岁,
浓密的鬈发簇拥在她头上,
垂在她脸庞周围。

她有一种乡野,山林的气息,
她的衣服野意盎然,   *10*
她的眼睛很美丽,非常美丽,
她的美令我喜欢。

---

① 作于一七九八年四五月间。歌谣体,基本韵脚格式为abab,最后一段为abccb。

"小姑娘，请告诉我，你们家，
兄弟姊妹有几个？"
"几个？七个，"她这样回答，
一边好奇地看着我。

"请你告诉我，他们都在何处？"
她说，"我们一共七个，
有两个在康威小镇①上居住，
两个在海上过活。　　　　　　　　　　　　20

"两个躺在了教堂的墓园，
一个姊妹，一个兄弟，
我和母亲就住在他们旁边，
在墓园的茅屋里。"

"你说住在康威镇的有两个，
还有两个已经出海，
但你们是七个——请告诉我，
为什么，可爱的女孩？"

那小姑娘给了我这样的答复，
"我们是七个兄弟姊妹。　　　　　　　　30

---

① 康威（Conway）：北威尔士的一个小镇，现在常写为 Conwy。

有两个躺在教堂的墓园里，
在墓园的树下沉睡。"

"你跑来跑去，我的小姑娘，
你的四肢灵动活泼，
如果有两个在墓园里埋葬，
那你们就只有五个。"

"看得见他们坟上长着青草，"
那小姑娘这样答复，
"离我妈妈的门只十二步之遥，
两座紧挨的坟墓。

"我常常在那里编织长袜，
在那里缝缀围巾，
我会在那里的地上坐下，
坐着唱歌给他们听。

"常常，先生，太阳已落山，
空气清新而舒适，
我到那里，端着小粥碗，
晚饭就在那儿吃。

"是小小的简第一个死去，

她在床上不住呻吟,   *50*
直到上帝解除了她的痛苦,
然后她出了家门。

"她就这样葬在了墓园里。
整个少雨的夏天,
我们一起在她的坟边游戏,
我和我的兄弟约翰。

"当雪后的大地一片银白,
我可以奔跑,滑行,
我的兄弟约翰也不得不离开,
躺在了她附近。"   *60*

"那你们是几个,"我追问她,
"如果他俩在天国?"
那小姑娘还是同样的回答,
"先生!我们是七个。"

"可他们已死去,两个已死去,
他们的灵魂在天国。"
我说的这些话实在是徒然,
那个小姑娘依旧固执己见,
说,"不,我们是七个。"

老猎人西蒙·李
——和一件发生在他身上的事①

在美丽宜人的卡迪根郡,
离愉快的依沃堂几步之遥,
居住着一个矮小的老人,
我听说他从前也曾很高。
岁月压在他的脊背之上,
那负担自然是沉重难支。
他说,他今年七十岁了,
但人们说他今年已八十。

他穿一件蓝色的长外衣,
前后看起来都还齐整,   10
但你不论在何处与他相遇,
一眼就能看出他很贫穷。
从前整整二十五年里,
他是快活的猎人,跑上跑下。

---

① 作于一七九八年四五月间,每段韵脚格式为 ababcded。

如今他只有一只眼睛,
却有着樱桃般红润的脸颊。

只有他曾吹出那样的号角声,
也没有人比他更加快意。
方圆至少四个郡的居民,
哪一个没听说过西蒙·李? 20
现在他主人死了,在依沃堂,
已经没有一个人居住,
人,狗,马,都死了,
只剩他一个人尚未作古。

你看他那些狩猎的壮举,
已经将他的右眼夺走,
因为狩猎,可怜的老西蒙·李,
现在他的四肢多么衰朽。
他没有儿子,没有孩子,
只有一个老妻与他相伴, 30
他们住在村中的公共草地上,
就在那一条瀑布旁边。

如今的西蒙瘦弱多病,
矮小的身体一半已佝偻,
两个脚踝粗大而臃肿,

细细的双腿又干又瘦。
年轻时他几乎不懂得
怎样侍弄庄稼，怎样耕地，
到老了他却不得不劳作，
——全村里他最是虚弱无力。　　　　　　　　*40*

从前这一带就数他神速，
把别人和马都甩在后方。
常常，当逐猎还没有结束，
他已经摇晃，两眼茫茫。
现在，世上仍有些东西，
能让他感到鼓舞欢欣，
猎犬叮叮当当出发的时候，
他深深地爱着它们的声音。

老露丝也跟他在户外劳作，
做着西蒙没法做的活计，　　　　　　　　　　*50*
因为她虽没有强健的体格，
比西蒙还算多一点力气。
你无法让他们停止劳动，
纵使你说得天花乱坠。
但是，唉，两个老人一起，
能做到的也只是微乎其微。

在长满苔藓的土屋旁边，
离门口不到二十步的距离，
他们有一块小小的农田，
但穷人中他们仍最为贫窭。 60
西蒙在以前更强壮的时候，
从那片荒野上把这块地圈成。
但这地对他们有什么用处？
他们如今已经没力气耕种。

西蒙会这样对你诉说，
说他剩下的时日不会太长，
因为他干活干得越多，
他可怜的老脚踝就越肿胀。
善良的读者，我看出来，
你已耐心等候了多时， 70
我恐怕你正一心期待，
接下来会听到什么故事。

啊，读者！如果沉思默想
把丰富的贮藏积在你心里，
啊，善良的读者！你就将
在万物中都看到一个故事。
我下面要说的事情很短，
希望你能够对此宽容，

这不是故事,但你若愿意,
也不妨当作一个故事来听。　　　　　　　　*80*

夏日的一天,我碰巧看见,
这老人正使出全身的力量,
对着一棵老树的根斫砍,
——那是一截枯朽的树桩。
他手里的鹤嘴锄摇晃着,
每砍一下都这样无力,
在那株老树的树根之上,
他仿佛将永远地砍下去。

"好西蒙·李,别太勉强,"
我对他说,"把鹤嘴锄给我。"　　　　　　　　*90*
我这样提出要给他帮忙,
他马上接受了,面有喜色。
我砍了一下,只一下,
就把那纠缠的树根砍断,
而可怜的老人已经在那儿,
徒然耗费了许多时间。

他的眼睛里闪着泪光,
他那样由衷,发自内心,
连连地感谢称赞我,我想,

他会一直向我感谢不停。　　　　　*100*
——我听说有人心肠刚硬，
以冷漠回报别人的恩惠。
唉！人们对我表达的感谢，
却常常使我忍不住伤悲。

最后一只羊 ①

我也曾去过些遥远的异国,
但这种情景我见到的不多:
一个健康的男子,壮年男子,
独自一人在大路上哭泣。
而在英国一条宽阔的路上,
我就遇见了这样一个人,
他顺着宽阔的大路走来,
潮湿的脸颊上带着泪痕。
他身体健壮,神色忧伤,
在他的怀里抱着一只羔羊。 10

他看到了我,转过身去,
仿佛是急于要隐藏自己,
然后他抓起大衣的一角,
试图把苦涩的泪水擦掉。
我追上他问道,"我的朋友,

---

① 作于一七九八年四五月间,每段韵脚格式为 aabbcdedff。

你怎么了?为何这样伤悲?"
"真丢人,是这羊,先生!
是这强壮的羔羊使我流泪。
今天我带它回来,从山岩上,
它是我剩下的最后一只羊。　　　　　　　　　　　　　　　*20*

"我在年轻之时,未婚之时,
追逐着年轻人孟浪的蠢事,
当时我虽不善于盘算经营,
但还是把一只母羊买回家中。
母羊为我生了很多只小羊,
那样结实的羊你再没有见过。
后来我结了婚,有了一点钱,
过此我也不敢奢望得更多。
那时,我整整有二十只羊,
而且这数量每年还在增长。　　　　　　　　　　　　　　　*30*

"从第一只羊,第一只母羊,
我的羊数量在一年年增长。
漂亮的绵羊,整整五十只,
吃草的羊群从未有那样整齐!
羊在山上吃草,多么兴旺,
我们在家也过得兴旺红火,
——我那群羊里,只有这一只,

这一只强壮的羊羔还活着。
我现在不在乎我们是活是死，
会不会在穷困中尽数倒毙。 40

"先生，我有六个孩子要吃饭，
穷苦日子里这多么艰难！
我骄傲的性情被日渐磨蚀，
困厄中我向教区乞求救济。
他们说，我是一个有钱人，
我的绵羊在山坡上吃草，
我何不从羊群中捉来一只，
拿它去换取我们的面包。
他们说，'卖羊吧！怎能给你
我们本该给穷人的东西。' 50

"我依言将一只绵羊卖掉，
给我的孩子们买来了面包。
他们变得健康，当有了食物，
这对我却从没有丝毫好处。
于我而言那是痛苦的日子，
眼看着我积攒的即将耗尽，
过去我不辞千辛万苦，
才终于养成的美丽的羊群，
眼看着像雪一样融化消失，

于我而言那是痛苦的日子。　　　　　　　　　60

"少了一只羊！又少了一只羊！
羊羔，然后轮到生它的母羊！
仿佛一条血管止不住流血，
仿佛血珠从我的心头滴落。
直到我的羊剩下不到三十只，
然后一只一只继续减少。
我告诉你，有很多时候，
我恨不得它们一齐都死掉。
它们不断减少，一只一只，
于我而言那是痛苦的日子。　　　　　　　　　70

"我的心开始向邪恶倾斜，
邪念在我的脑海里闪过。
我觉得自己遇到的每个人，
都知道我的某一些恶行。
在屋里屋外，我心乱如麻，
找不到闲适也找不到安慰。
我这里那里干着什么活计，
又是狂乱，又深深地疲惫。
我想离家出走，想过很多次，
于我而言那是痛苦的日子。　　　　　　　　　80

"先生，那是一群宝贵的羊，
我把它们当自己的孩子一样，
因为随着羊的数量日益增多，
我对孩子们的爱也日益强烈。
唉，那是多么痛苦的日子，
上帝诅咒我，我走投无路，
我祈祷，可是我仍然感到，
我对孩子们的爱一天天丧失。
每过一个星期，每过一天，
羊群都仿佛在融化，消减。 90

"羊在减少，先生，多么悲惨，
数目从十变成五，又变成三，
羊羔，公羊，母羊，各一只，
三只羊终于变成了两只。
昨天在我曾有的五十头羊里，
只剩下这一只羔羊尚存，
它现在就抱在我的怀里，
唉，此外我已经两手空空。
今天我带它回来，从山岩上，
它是我剩下的最后一只羊。" 100

彼得·贝尔①

若有一匹飞马当然不错,
或者一只巨大的气球,
但除非我有一条小船,
一条新月那样的小船,
我不会到云间去遨游。

现在我有了一条小船,
它的形状正如一弯新月。
它可以在云间迅疾穿行,
若你们表示难以置信,
你们抬头很快就能看到我。　　10

森林在你们周遭呼啸,朋友,
森林呼啸如汹涌的海波,
你们耳中充满危险的喧声,
你们心中生出千万种惊恐,

---

① 作于一七九八年四五月间,每段韵脚格式为 abccb。

为了我的小船,还有我。

而此时我正在舵前欣赏着
我的独木舟尖尖的两角。
见你们如此忧心忡忡,
我并没有感觉到丝毫同情,
我忍不住因你们而大笑。   20

我的小船和我,飘啊飘,
这样一条船谁曾经拥有?
不论我们前行在风中,
还是深深地荡入远空,
我们相依相伴,别无所求。

我们飘啊飘,何须去理会
背叛,动乱,还有战争?
我们是这样平静愉悦,
如同那枚光洁的新月,
四周衬托着点点繁星。   30

我的船飞升到群星之中,
穿过层层无风的光的空间,
在浩渺的蔚蓝以太中渡过,
千万颗明星都被它超越,

就这样飞升,我闪亮的船。

土星上的市镇建造得粗疏,
木星上有树荫,美丽清幽,
金星一如既往闪着辉光,
但它们加在一起怎及得上
及得上我们小小的地球? 40

那么返回我们的绿星球吧,
我何苦在这远空飘零?
无论说什么,无论我怎样,
对宇宙不会有丝毫影响,
我把心遗落在了家中。

那就是我亲爱的碧绿星球,
那里是亲爱的太平洋,
那是亲爱的高加索山,
想到终于能重归故园,
啊,我不由得心神摇荡。 50

那里是鞑靼人的小小国度,
那里是著名的第聂伯河。
在那青碧色的大海中间,
是可爱的岛国,岛中的冠冕,

仙子们！守护它，禁除邪恶！

那里就是我出生的市镇，
那里是斯万牧师的房屋。
我不得不承认内心被感动，
想到我曾经身在远空，
如今，我才将人性恢复。　　　　　　　　　60

种种纷然并呈的物色，
从未显得如此可爱可亲，
树林传来动听的声响，
我愿永远这样在空中徜徉，
倾听地球甜蜜的低吟。

"唉，你是多么令人羞惭！
谁会像你一般毫无心肝，
坐在如此可爱的小船之中，
却不知应当何去何从，
——一条新月一般的小船。　　　　　　70

"去蜷缩在你乌黑的炉旁，
仿佛一只孵蛋的母鸡，
去在灰土上踟蹰而行，
敲着你的手杖缓缓前进，

每小时只走上三英里。

"无疑,在成熟诗人的胸中,
这样怯懦的心还从未有过。
来拥抱诗人的欢乐与迷狂,
我有千万种可爱的景象,
我贮藏着千万种声色。   80

"我是一条美丽的小船,
来吧,请来到我身边。
我渴望一个伙伴,为你,
无论做什么我都愿意,
你想看什么都可以看见。

"来吧,在白雪覆盖的冰原,
让我们嬉游在北方的清晨。
星空里是变幻莫测的极光,
它们一时间遮蔽了星光,
一时间又把星光映衬。   90

"我知道一个深邃的浪漫之国,
一个深邃而遥远的国度。
它像薄暮的天空一样清幽,
它就位于遥远的非洲,

就在非洲最深的深处。

"或者让我们去仙人的世界,
到万物可爱的幻影中间,
赤裸的高山形貌苍苍,
溪流,树荫,曼妙的女郎,
幻影的君王,幻影的宫殿。" *100*

"你这一条闪光的小船,
我甜蜜又美丽的独木舟,
虽然悲伤在我心头郁结,
我觉得我们只能就此别过,
现在,我只能与你分手。

"你是一条美丽的小船,
但当你追逐着你的欢乐,
任意往来,了无挂碍,
世上正发生的那些事态,
我的小船,或许你已忘却。 *110*

"如果我们在仙人的国度,
在那树荫沉沉的水滨,
恣意地做着欢乐的游戏,
纵使我们的发现丰富珍奇,

世界也不会感激我们。

"的确，从前曾有一个时代，
诗人们过着惬意的生活。
但如今掌管着仙界的钥匙，
有何益处？令我痛心的是，
那幸福的日子已经终结。 120

"在我花园里的石桌旁边，
几个人正在树荫下围聚。
乡绅在那里，我猜想，
他美丽的女儿贝丝也在场，
还有掌管教堂大门的哈里。

"他们今天傍晚来到我家，
他们并不知道我已远离。
我看到他们，一共九个，
都聚在那一株雪松之侧，
我看到他们就在那里。 130

"其中有斯万牧师的妻子，
斯蒂芬·奥特，我的友人。
趁着还有一线天光，
我得给他们讲上一讲

卖陶人彼得·贝尔的奇闻。"

我美丽的小船飘走了,
它的神情恍惚而怨怒。
我把可怜的双腿移挪,
努力朝我的那一张石桌,
若有所失地蹒跚走去。　　　　　　　　　　140

小贝丝大喊道,"他来了!"
她在花园门口看到了我。
"他来了!"斯万太太叫道,
九个人一齐将我围绕,
九个人,或许还更多。

"坐下吧,都请坐下,"我说,
我必定有着苍白的面容,
"朋友们,如果你们愿意,
那么我们就直奔主题,
现在就讲我允诺的奇闻。"　　　　　　　　150

尽管我还有些气喘吁吁,
唇无血色,脸如白纸,
我所受的轻伤依然疼痛,
为了掩饰我纷乱的心情,

我开始讲述那允诺的故事。

彼得·贝尔的故事

就在那洒满月光的河边,
它发出三声可怜的呻吟。
"事情搞成这样真是糟糕,"
彼得对呻吟的毛驴说道,
"看我不把你剔骨抽筋。" 160

斯万太太说,"亲爱的先生,
你怎么一下跳到了中间!"
小贝丝用更温柔的声音说,
"哦,先生,但谁是彼得?"
哈里说,"这真是谜语一般。"

乡绅说,"因为亚当的罪过,
我们全都失去了乐园,
我们都在密林里彷徨,
所以,先生,我真心希望,
你从头讲起,追本溯源。" 170

"先生,彼得是卖陶器的,"
我大声说,多少平静了下去。

"不论他在何处现身,
人们都不由得心中惶恐,
对他的尊敬远不及畏惧。

"有三十二年甚至更长时间,
他在林莽游荡,凶野粗鲁。
他去过最远的彭布鲁克,
先生,他去过埃克赛特,①
他去过肯特,去过多佛。　　　　　　　　　　*180*

"他还去过诺丁汉,熟知
塞勒姆平原上的教堂尖顶。
他去过林肯郡,在那里的幽谷,
有一些牧羊人一边放牧,
一边听着远方洪亮的钟声。

"他去过约克镇,布拉夫山,
去过卡莱尔②,那儿风景宜人。
他沿着秀丽的低地地区,
穿过优美的埃尔郡北去,

---

① 彭布鲁克郡(Pembrokeshire):英国威尔士原郡名;埃克赛特(Exeter):英国德文郡首府。
② 卡莱尔(Carlisle):坎布里亚郡首府;埃尔(Ayr):苏格兰西南部一地区。

曾一直走到了阿伯丁。　　　　　　　　　　　*190*

"他还曾去过因弗内斯①,
他曾在洒满月光的河畔,
与高地女郎一起舞步飞扬。
他在峻高的切维厄特②山上,
曾睡在他那些毛驴旁边。

"他曾在约克郡的山谷中赶路,
周围是岩石和纵横的沟壑,
低低的深处有一些小村,
它们头顶只有一小片天空,
星星也只有寥寥几颗。　　　　　　　　　　*200*

"在蜿蜒曲折的漫长海岸,
咸涩的泡沫飞溅到岸上,
在海岬,凹进陆地的海湾,
只要有几座房子出现,
他就去过——谁像他一样?

---

① 因弗内斯(Inverness):苏格兰西北一郡。
② 切维厄特(Cheviot):英格兰与苏格兰之间一山脉。

"他还不如关在弗里特监狱①,
身无分文,债台高高。
他走到这里又走到那里,
但他的灵魂,他的心智,
丝毫没有因此而变得更好。 210

"他在沟壑溪流之间游荡,
在茂密的丛林,在空谷中。
他日日夜夜在野外逗留,
但大自然从来也不能够
进入彼得·贝尔的心灵。

"大自然枉自年年变迁,
一如从前地引导他度日。
对他而言,河畔的报春花,
只是一朵黄色的报春花,
除此之外什么也不是。 220

"当在早春时节的路旁,
依稀透露出草色青青,
当他那些驮着筐的牲畜,
吃着草,惬意而满足,

---

① 弗里特监狱(Fleet):伦敦一监狱,尤其关押负债人。

这情景并不让彼得动容。

"四月某个清早,在金雀花
或山楂树下,新叶尚未成荫,
他懒洋洋躺在温暖的大地,
有欢声穿透水,地,空气,
然而彼得却充耳不闻。　　　　　　　　　　*230*

"正午,他睡在树林边上,
头顶是树木高高的枝杈,
枝杈间透出柔和的蓝天,
这蓝天从未融入他心田,
他从未感到过蓝天的魔法。

"有人眺望着美丽的风景,
我曾听他们亲口说过,
他们会觉得时间凝然不动,
凝然如同眼前的风景,
他们眺望着,忘却了一切。　　　　　　　　*240*

"不消说,在彼得·贝尔身上,
从未发生过这样的事。
他生性如此粗鲁凶蛮,
这种人大家会群起而驱赶,

亡命之徒们便是如此。

"在所有的不法之徒里,
所有逍遥于法外的人中,
算上城市,算上小村庄,
就数他最为不羁,狂放,
他娶过十二个妻子在家中。" 250

牧师太太叫道,"哦,恶棍!"
斯蒂芬·奥特说,"可怜虫!"
"可怜虫",斯万太太你说。
我保证他就是这样的角色,
彼得·贝尔那个卖陶器的人。

他曾经娶过十二个妻子,
但我无论如何没法说出,
有哪一个妻子敢于靠近他,
因为彼得·贝尔性情可怕,
谁见了都不免要觳觫。 260

尽管大自然迷人的形貌,
静谧的气象,温柔的声音,
从未打动他,但你看他一眼,
就会知道,彼得与自然

常常在一起，共处共存。

他周身笼罩着一股野气，
仿佛一个人惯于露宿风餐。
他的身形，他的举动，
处处透着凶蛮与野性，
来自高山，来自荒原。 270

夏日的风雨，冬日的寒冰，
孤独的大自然令他揣摩
种种混沌难名的念想，
在这些之外，彼得又添上
残酷城市里滋生的罪恶。

他的脸如同风一样锐利，
顺着山楂树篱笆刮来的风。
在他脸上看不出多少勇气，
取而代之的是谨慎，狡计，
糅合成一种特别的神情。 280

他走起路来沉重而歪斜，
脊背微弓，拖曳着大步。
他的眼神大胆而倨傲，
似乎能看出他无情的头脑，

正玩弄着心中的某个猎物。

他的额头汗毛重，皱纹多，
一半因为他总是在掂量
"何时出手"，"怎样出手"，
一半因为他惯于皱起眉头，
当他头顶着刺目的阳光。 *290*

有一种刚硬在他脸上，
有一种刚硬在他眼中，
仿佛在很多孤寂的地方，
他的脸曾经如岩石一样，
迎着天空中刮过的风。

一天晚上，（我的小贝丝，
现在我允诺的故事才开篇），
十一月一个美丽的秋夜，
空中高悬着皎洁的满月，
在湍急的斯韦尔河①边。 *300*

靠近曲折蜿蜒的河岸，
彼得一个人正在赶路。

---

① 斯韦尔河（Swale）：英格兰中北部河流。

他是去买货还是卖货,
或只是追逐着内心的欢乐,
我也不能够说得清楚。

他一路走着,顺着草地,
穿过丛丛蕨菜,穿过沼泽。
或许当日的晚上或白天,
他把妻子(们)撇在了一边,
身边妻子或同伴并无一个。　　　　　　　　　310

有人赶路时喜欢带一只狗,
彼得也有一只狗,很凶,
是杂种猎狗,他待之不薄,
但那天晚上,十分确凿,
彼得·贝尔是一个人独行。

他穿过树丛,穿过灌木,
越过小山,越过沟壑。
他不在意天上的月亮,
他不在意天上的星光,
还有那潺潺的斯韦尔河。　　　　　　　　　320

彼得自语道,"这有条近路,
我肯定能少走一英里。"

他走上那条路，路曲曲折折，
从平坦的青草地上穿过，
一座树林在他面前兀立。

现在他来到了这座树林，
彼得的口中滚滚而出
花样繁多的秽语污言，
送给那些大大小小的官员，
是他们修了这条曲折的路。 330

当他在大树中间穿行，
头脸和手被树枝刺戳，
他心中简直是怒火燃烧，
很难看出这一条小道
最终能否与大路会合。

小道变得越来越模糊，
彼得使出了浑身解数，
吃力地前进，忽下忽上，
最后他来到一个废采石场，
而小道就在那里结束。 340

"什么，又来了？老撒旦，
我先跟你这魔鬼比试比试！

像饿狼般伸开你的脚爪,
如果照着你的什么说法,
我被诅咒,就让我下地狱。"

那些耸峙的巉岩之上,
遮着团团黑色的阴影。
彼得穿过寒凉,穿过黑夜,
穿过一道道古老的沟壑,
大胆无畏地继续前行。　　　　　　　　　　*350*

一个色彩柔美的景象,
忽然在彼得面前展开,
蓝色,灰色,浅浅的绿,
构成一幅美景,无与伦比,
谁见了都会觉得可爱。

在澄澈湛蓝的夜空之下,
是一块小小的青草地,
但我最好不说那儿的地名,
只说它是某处一小块草坪,
在它的周围环抱着岩石。　　　　　　　　　　*360*

斯韦尔河在绿岩下流淌,
但你看不见它,流水无声。

要从这寂静的青草地上,
听到河水流动的声响,
必得吹起一阵阵狂风。

你也许以为,彼得·贝尔
应该有意要在此驻足。
诚然如此,但我告诉你,
他并未感到轻松快意,
当他从废采石场中走出。 　　　　　　　　*370*

难道没有人住在这里?
手持念珠和水杯的隐修人?
难道没有一个小小农舍,
矗立在这青青的寂静角落?
难道这碧草之畔无人栖身?

彼得穿过那幽邃的所在,
继续前行,越过草地。
现在他置身于树林中间,
他回过头来,蓦然瞥见
那一只孤孤单单的毛驴。 　　　　　　　　*380*

"我显然在这林子里迷路了,"
彼得说,"就让我聪明一回。

我现在就回头寻找原路,
并且要带上这只毛驴,
走这一趟也不算白费。"

他朝毛驴走去,可以肯定,
他的心里有着美好憧憬。
小毛驴低低地垂着头,
一边是那无声的河流,
另一边则是碧草青青。   390

"我们得承认它有些瘦,
但这头牲口着实不坏!
我发誓,守着这样的美餐,
你本来还应该再胖一点,
来吧,先生,你跟我来。"

但这时,我们的彼得觉得,
最好先四下做一番观察。
没有房子出现在他的视野,
没有伐木人的小屋或棚舍,
彼得,你大可不必害怕。   400

他眼中只看见幽密的树林,
还有岩石发出灰白的光,

还有这可怜的驴低垂着头,
站在那青草地的尽头,
旁边的河水在无声流淌。

毛驴就站立于河岸之侧,
在它的头上笼着缰绳。
彼得并没有改变主意,
他马上将缰绳抓在手里,
想让驴子把身体转动。 *410*

彼得用力拉,驴纹丝不动,
彼得就跳到毛驴背上,
用脚跟踢,用手杖戳,
刺痛了那小毛驴的两胁,
但它一动不动地站在地上。

彼得说,"你这牲口真倔,
我看咱们俩倒是投缘。"
这时毛驴把左边的眼睛,
向着彼得静静地转动,
对彼得的脸静静地凝看。 *420*

"干什么?"彼得挥舞一根
新剥的枝条(它白如奶油),

毛驴听懂了彼得的话,
但仍将头低低地垂下,
面向着那条寂静的河流。

彼得又猛力狠抽了一下,
嵌在土牢地面上的铁环,
也足以被他这一下拉起,
但毛驴把沉重的头垂低,
纹丝不动,一如从前。 430

彼得从驴背上跳下来说,
"看来这是有人想害我。"
他再次察看周遭的环境,
察看那块小小的草坪,
看灰白的山崖四面错落。

彼得,远近并没有什么,
没有什么与你的计划作梗。
只有一轮满月挂在高天,
还有它那些美丽的同伴,
最为美丽的点点繁星。 440

一切都岑寂,岩石,山林,
远远近近的一切都寂然。

只有那只毛驴慢慢悠悠,
以它自己的头骨为轴,
将它长长的左耳扭转。

彼得想,这是什么意思?
这里面一定有什么古怪。
毛驴又一次慢慢悠悠,
以它自己的头骨为轴,
将长长的左耳转过来。 450

彼得说,"凭魔鬼的胡子起誓,
我把你这杂种连根拔起。"
他把两条手臂使劲伸长,
探到毛驴的肚腹下方,
用手臂紧紧地箍住毛驴。

彼得叫道,"你放聪明些!
看过一会儿你还这样倔强!"
他用树条打向那毛驴周身,
每下都震得他手臂生疼,
直到他的臂弯,直到肩膀。 460

那可怜而隐忍的小毛驴,
终于两肋起伏,肚腹微动,

它发出呻吟,然后又一次,
与第一次呻吟别无二致,
最后它发出第三次呻吟。

就在那洒满月光的河边,
它发出三声可怜的呻吟。
"事情搞成这样真是糟糕,"
彼得对呻吟的毛驴说道,
"看我不把你剔骨抽筋。" 470

这时那毫无恶意的小驴子,
温驯地,仿佛想休息休息,
那被彼得这样暴打的毛驴,
被他这样无情对待的毛驴,
轻轻地屈膝跪了下去。

然后它颓然倒向了一侧,
到这时彼得方才看到,
可怜的毛驴瘦骨嶙嶙,
几乎是皮裹着骨头和筋,
彼得之前对此并不知晓。 480

瘦驴一动不动,死了一般,
凶狠的彼得看到这里,

并无一句恻隐的话要说,
他心里扭结着刚硬的轻蔑,
扭结着怨恨和新的怒意。

因为他的欢愉已烟消云散,
他的嘴唇因恼怒而抖动。
他说,"狗东西,这么倔强,
我要把你像一根木头一样,
头朝下,直扔进河中。 490

"我说到做到!"他刚说完,
那侧卧在地上的牲口,
发出了一声可怕的长嘶,
四面八方,南北东西,
一阵阵回声震荡不休。

这嘶鸣在彼得的心上,
仿佛拨动了快乐的音节。
快乐敲打着彼得的心胸,
但在岩石的回声之中,
有什么东西令他不悦。 500

也许为鼓舞自己怯懦的心,
也许他感到有邪恶的锁链,

施了魔法一般将他缠住,
这些我一概说不清楚,
总之他一心想把活儿干完。

向着岩石与错落的悬崖,
向着远处的那些群山,
毛驴又一次长声嘶叫,
仿佛一只响亮的号角,
仿佛一条长长的跷跷板。 510

这奇特的声音在彼得心里,
如今产生了怎样的影响?
月亮不安地从空中俯瞰,
辽阔的青天似乎也暗淡,
周遭的山岩似乎在摇晃。

但彼得在卑怯的狂怒之下,
俯身去抓毛驴的脖颈,
这时在下面清深的溪流里,
他看见了一样丑陋的东西,
隐隐约约,在树影之中。 520

那会不会是月亮的影子?
那会不会是云影模糊?

那形象是一个绞刑架?
那是彼得在自惊自吓?
那是棺材?是裹尸布?

那是一个恶魔把自己
在一根炽热的火柱上拴系?
是地狱里一间孤凄的牢笼,
其中卧着一个无望的灵魂,
离他所有兄弟都千里万里? 　　　　　　*530*

那是某一群聚会的人,
活人一般在客厅中簇拥,
或啜着潘趣酒,或饮着茶,
但看见他们的脸你才觉察,
他们都在地狱,都沉默无声?

我向你保证,在那清溪中,
彼得所见到的并非这些。
他见到的并非丑恶的幻象,
幻视,幻听,虚无渺茫,
那一样东西有肉也有血。 　　　　　　*540*

那分明不是一只水鼠,
彼得并没有那么愚笨。

他在树木的重重阴影里,
所看到的那具血肉之躯,
原来是一个死者的尸身。

彼得一次又一次看过去,
仿佛大脑被鬼魂侵夺。
他凝视着,不由自主,
仿佛一个人在看一本书,
一本被施了魔法的著作。 550

他抓着那可怜毛驴的两颚,
他的身体和手在颤抖。
他晃动毛驴的头和嘴,
上上下下,来来回回,
扰得那清溪也起了波皱。

善人恶人,伤心人,愚人,
谁见过比这更丑陋的情景?
彼得一边把毛驴紧抓,
一边凝视着,月光之下,
镜一般的水面泛起波纹。 560

唉!这可真够彼得消受!
他简直要变成铁铸的一样——

他的寸寸肌肉，根根筋骨——
他的帽子立起，头发倒竖，
在月光下仿佛染上了白霜。

他一动不动，仿佛铁铸，
——头，关节，手，唇齿。
你或许以为他盯着你出神，
并非如此，这粗犷的铁人，
正将下面的溪流注视。　　　　　　　　　　　*570*

彼得仍抓着毛驴的头，
可怜的他现在确信无疑，
一个脸色苍白的恶之灵，
一个人魔，一个活人，
此时正躺卧在这河底。

他目不转睛地瞪视，仿佛
看到点动静，听到一声呻吟。
他眼睛要炸开，心要裂爆，
他发出一声骇人的尖叫，
朝后仰倒，石头一般沉重。　　　　　　　　　*580*

第二篇

我们说到彼得昏了过去,
我们说到河里有一个死者。
那只小毛驴还在河边,
当微微的风吹拂过河面,
水上的月光微微摇曳。

彼得醒了,他终于醒了,
他感觉到微茫的月照。
他竭力想把一只手伸出,
如果他记得自己身在何处,
他必定会再一次晕倒。

590

他抬起头,看见了手杖,
不由得将那宝贝触摸。
你想想对彼得·贝尔而言,
发现自己并非在地狱辗转,
他多么庆幸,虽然仍虚弱。

当他就那样侧身卧着,
把头支起在手肘之上,
你几乎可以说如在梦里,

他把目光又投向那清溪,
他曾经注视过的地方。 600

如今河面上并没有涟漪,
彼得的头脑里也没有波澜。
他的眼睛注视着河中,
见到的景象不再令他惊恐,
他的心里从容而平安。

他自语道,"在树影之间,
那就是一张死人的脸,
那儿无疑是一个死人的手,
那儿是他鞋上的铜搭扣,
那儿是他裤子的膝弯。" 610

最后彼得支起了身子,
直着坐在了地面之上。
面向那溪水,他俯下身,
把手杖一直伸到溪中,
仿佛想要将水深测量。

小毛驴看见了这一情景,
它本来躺卧在河边的草地,
令人伤心的变化随即发生,

仿佛是出于魔法的作用,
毛驴忽然从地上站起。 620

彼得回头看着这伙计,
看着这可怜而隐忍的牲口。
它紧挨着他,四肢,五官,
处处显出无尽的心欢,
尽管它实在说不上清秀。

它如柴的瘦骨喜极而颤,
它就站在彼得的身边。
当彼得俯身向着那河中,
毛驴同时也伸长了脖颈,
把彼得的手亲热地舔啊舔。 630

毛驴的眼里有生动的活力,
活力灌注在它的四肢,耳朵。
即便有史以来,人世之内,
彼得是第一号的胆小鬼,
这时他也不会再胆怯。

彼得小心地注视着溪水,
手杖在水里越探越深。
彼得说,"显然,这尸体,

不是别的,就是尸体,
它四肢和衣服都纹丝不动。" 640

毛驴在他的旁边看着,
彼得专心探查,不声不响。
他这里那里戳碰一下,
但是如今那死者的头发,
缠住了他拿着的手杖。

他拽啊,拽啊,使劲拽啊,
可怜的毛驴失去的主人,
那死者,如同幽灵一样
(四天之前他溺水而亡),
头朝上,从河床直起身。 650

彼得将死者拖上河岸,
把他平放在青草地上。
彼得感觉到有一阵痛楚,
迅速无比地依次攫住
他的肝脏,心脏,肾脏。

他看见那可怜人青肿的脸,
痛楚加剧,如痉挛抽筋,
从彼得的大脑中穿过,

他说:"看来这个死者,
就是这可怜驴子的主人。" 660

然后彼得又看着那毛驴,
他体内的痛楚愈加锐利。
他看到它那样瘦骨嶙嶒,
他看到这牲口可怜而忠诚,
它的骨架如刀斫斧劈。

彼得上上下下打量那驴子,
"我实在对你有些过分,
但是",他对毛驴这样说,
"我并非存心将你折磨,
这要怪你,你得承认。" 670

这时那可怜的小驴子,
影子般的毛驴,在做什么?
它的喜悦已化为虚空,
它弯曲着膝盖跪在草中,
仿佛再次被悲哀淹没。

它显然竭力想要表示,
希望彼得骑在自己背上。
"哪怕因此丧命我也得去,

看来它要把我带到它家里,
那茅舍的主人已经溺亡。" 680

然后,彼得就跨上了
那温驯忠实的毛驴后背。
小毛驴没有片刻停顿,
不声不响地转过了身,
留下那死者在草地上沉睡。

小毛驴有着刚强的内心,
它步子坚定,身体挺直。
难怪可怜的毛驴瘦骨嶙峋,
在漫长的四天四夜之中,
它并没有进过一口吃食。 690

在那块青葱幽静的地方,
它度过了漫长的四天四夜。
没有哪块草地比那儿更清鲜,
毛驴在那里度过了四天,
却从来不曾张开口过。

毛驴和彼得穿过草地,
来到了废采石场的入口。
小毛驴是向导,熟知路径,

它转入一片灌木林中，
朝着南边的方向行走。 700

当他们行走在寂静的林中，
忽然听到了一声哀呼。
小毛驴并没有感到惊慌，
但就在灌木林的中央，
它蓦然停住了脚步。

彼得也听到了那悲叫声，
他可以对着苍天发誓，
他从未听过那样的声响，
尽管他日夜在天涯流浪，
在过去整整三十年里。 710

那不是沼泽中的麻鸦，
那不是旷野中的鸹鸟，
也不是狐狸的叫声，
不是巉岩间夜鸟在啼鸣，
不是幽谷密林中的野猫。

那声音变得越来越响，
小毛驴本来要走的路径，
是从那座高山上攀过去，

现在它在树影下兀立，
一动不动，侧耳倾听。 720

彼得骑在毛驴的背上，
置身于那灌木林的中央。
从前他很喜欢吹口哨，
无论独处还是身在人潮，
这次他像闭嘴的蟋蟀一样。

那是不是什么疯狂的鬼魂？
她的歌声中充满痛苦哀伤。
她如被漫长的梦魇攫住，
时间将夺走她爱之信物，
她为此而把悲歌吟唱？ 730

怎么了，可爱的小贝丝？
你为何这样神情肃然？
那声音令你心跳加剧，
那不过是一个少年在哭泣，
在一个山洞的入口旁边。

一个在林中伐木的少年，
贝丝，我这样说并非粗鲁，
你若知道了他父亲是谁，

你也会像他一样心碎,
直到你愿吻干他的泪珠。 740

他手拿着一根山楂树枝,
上面挂着熟透的红山楂。
他一直爬到那山洞旁边,
探头向着洞口里张看,
然后缩回身,满心惊怕。

奇异的希望迷惑住了他,
他看起来仿佛异常镇定,
虽然他的心并不怯懦,
他手中树枝上的山楂果,
一颗颗都在簌簌抖动。 750

然后他爬到了藤蔓之下,
匍匐向前,双膝着地。
就像在冰冻的湖水之滨,
饥饿的天鹅发出哀吟,
他哭啊哭啊,泪流不止。

唉,我可爱的小贝丝,
听见他哭得那样哀伤,
泪水也会浸湿你的眼角,

他正将死去的父亲寻找,
而他的父亲已溺水身亡。 760

他叫罗宾,深爱着父亲,
因为过去,父亲总是
拉着他的手,将他[ ]带引,①
父亲常常把半便士给罗宾,
还常常给罗宾面包吃。

罗宾从五点钟就开始寻觅,
在山野,在树丛,阡陌,
在吉卜赛人的岩石,密林,
那里日夜响着潺潺水声,
西班牙也难见那样的荒野。 770

最后他终于来到这里,
经过了如此痛苦的一天,
这幽深的洞穴令他悲伤,
他仿佛是一只小鸟一样,
扑簌着翅膀,在自己巢边。

最后他在绝望与恐惧中,

---

① 此行原文缺一字。

顺着树林,继续前行。
仿佛一个小孩子迷了路,
仿佛觉得身后有鬼魂追逐,
他发出了哀痛的叫声。　　　　　　　　　　780

毛驴闻声停下了脚步,
它马上认出了那声音。
它驮着彼得向山洞走去,
罗宾的叫声就来自那里,
他的哀叫穿透了密林。

但是不久,当彼得看见,
毛驴忽然改变了方向,
它开始朝上,离开山谷,
将那哀楚的声音追逐,
彼得脑中起了一种异想。　　　　　　　　790

一个他深信不疑的判断,
在他心里越来越笃定:
一桩祸事要向他头上降落,
今晚之前,在整个世界,
这种祸事人们还闻所未闻。

此时,毛驴坚定地走着,

一心追随罗宾的脚步。
但当它登上多树的山岗,
罗宾的叫声越来越微茫,
终于彻底化为了虚无。 800

毛驴一心想追上罗宾,
它对那男孩有诚挚的依恋。
但当它发现这希望已破灭,
它就顺着小径的崎岖斜坡,
不声不响地转向了右边。

毛驴驮着彼得进入了一片
树影沉沉的山毛榉林里。
它顺着树影,步履坚定,
缓缓地下坡,一驴一人,
来到了月光下的开阔地。 810

之后,沿着狭窄的山谷,
能够看见一条平坦的路。
长满青草的宽阔路面,
如坦荡的小河曲折蜿蜒,
蕨类在两边摇曳披拂。

彼得听到一片叶子的沙沙声,

他不禁一次又一次回头，
向左向右一次次张望，
想知道在那幽寂的地方，
是什么紧跟在他身后。　　　　　　　　　820

彼得的心情很是沉重，
当他终于看到那片枯叶。
"这儿没有树丛，没有树，
却连叶子也将我追逐，
我委实是太过于邪恶。"

一人一驴顺[ ]走下来，①
来到了一条大路之上，
走下草地，走上碎石路面，
顺着那大路继续向前，
一人一驴，沉默而悲伤。　　　　　　　830

实话实说，彼得的脸上，
既没有血色，也没有表情，
仿佛来自诡异世界的生物，
那世界充满无声的痛苦，
又仿佛月夜出没的幽灵。

---

① 此行有缺字。

现在他们走上了一条小路,
瘦小的驴把蹄子连续踏落。
它从来不曾有片刻停留,
也从来不曾侧转过头,
去吃一片灌木叶,草叶。 *840*

他们继续走在篱笆之间,
灰白的土路如一根白骨。
这时彼得的目光向前,
顺着洒满月光的路面,
见一块石头上有一滴血珠。

彼得简直是动弹不得,
坐在毛驴上,如被铸定。
毛驴继续前进,这里那里,
彼得一次次又看到那血滴,
在岩石之上,尘土之中。 *850*

难道彼得曾经用棍棒,
将某个可怜过客的头打伤?
难道他狂怒中捶楚过老父,
或者让老父的鲜血流出,
难道他曾踢死别人的儿郎?

难道彼得曾经在决斗中,
用拳头或杖,击杀过对手?
难道他曾重伤过一个士兵,
对方躺在地上,血流殷红?
彼得没那么残忍,从来没有。 860

那么,彼得看见这滴血,
为什么会如此面如死灰?
为什么如此绝望悲凄?
他不知道这滴血来自哪里,
而他自己并非良善之辈。

终于在他打过的驴子头上,
他看到了一处流血的伤。
他见到那血才明白过来,
霎时间觉得喜出望外,
但欢快之情马上不知去向。 870

他想到,他不由得想到,
那毛驴是如此忠实而虚弱。
这时他经受过的那种剧痛,
再次穿过他的心肝脾肾,
仿佛是织匠手中的梭。

第三篇

我曾听说,有一个人很善良,
虽然容易沉入悲哀与忧郁。
我保证下面说的是实情,
一天晚上他在自己房中,
正借着蜡烛的光在读书。 880

你和我都可能像他那样,
晚上读着一本虔诚的书。
忽然有黑暗从四面降落,
遮没了他读的雪白纸页,
这个好人不由得抬头四顾。

他周围整个房间都暗了,
他回头又去看那本书,
他的蜡烛已失去光芒,
光落在他的书页之上,
组成硕大而分明的字母。 890

他手捧着那本神圣的书,
在纸上,如黑煤般鲜明,
奇异的字母组成一个字,

我听说直到他垂死之日,
它都困扰着他善良的灵魂。

他看到的那奇字是什么?
他从未泄露过这个秘密。
但这可怜的好人曾说,
那个字让他的许多罪过,
都从内心的深处浮起。 900

可畏的精灵们!困扰善人,
与你们的职司不甚相符。
扰乱色彩,形状,高下!
让善人把自然的灵魂体察,
看到万物的本来面目。

强大的精灵!我深知你们
惯于拨弄人的情感与官能。
你们对待敌友均是如此,
可畏的游戏,可畏的目的,
我这样说时对你们满心尊敬。 910

我对你们真的又敬又爱,
但能不能冒昧向你们进言?
可否远离那沉思的善良者,

可畏的精灵！你们的帝国，
应展现给彼得那种人看。

我常常感受到你们的存在，
在黑暗中，暴风雨的夜里。
我知道，若有必要那样做，
即使沐浴着溶溶夜色，
你们也能施展自己的法力。 920

从你们那任性的世界来吧，
你们居住的神奇魔法世界。
来吧，移换人心的精灵，
试试你们能否将彼得触动，
趁着这青天，趁着这明月。

唉，不论哪个敌人，友人，
谁来阻止我继续说下去？
我简直有些不知所云，
对于这样的高谈阔论，
我觉得自己完全不相宜。 930

我是个快乐无思的人，
我讲起故事来信马由缰。
我故事的节奏令人晕眩，

下面我尽量不讲得太乱，
朋友们，为了你们着想。

你们还记得那只毛驴
正沿着一条小径前行。
彼得想出了种种主意，
试了种种止疼的"药剂"，
想缓解肚腹中的剧痛。 940

他说，"伤口自然会流血，
血就是血，傻瓜才惊慌。"
但无论如何他不能否认，
那片树叶在他身后紧跟，
那哀声在他耳中回响。

但彼得最长于逻辑思维，
也不缺乏灵动的急智。
他说，"如果不是因为我，
毕竟，显然，这可怜家伙，
就得不到基督徒的葬礼。" 950

彼得把亮晶晶的角质烟盒，
从衣服口袋里掏了出来，
漫不经心地——斯万先生，

你我都可能有那种举动——
他开始敲打烟盒的小盖。

朋友们，你们中或许有人，
在人们都昏昏欲睡的天气，
见过毛驴张开口露出笑颜，
那丑陋的笑，死亡、罪愆，
一切魔鬼相加也无法匹敌。　　　　　　　　　　*960*

正当彼得敲打着盒盖，
也许是为了把呼吸调整，
也许为了别的更重要缘故，
那温驯的毛驴停下脚步，
回过头来，露出了笑容。

你们知道彼得下定决心，
从情绪的低谷里有所振作。
无疑，看见这样的情景，
别人可能会不明究竟，
这景象却恰好适合彼得。　　　　　　　　　　*970*

彼得也自嘲地笑了起来，
露出牙齿，表示赞许。
这时他的欢乐遭到重创，

他听见地下传来嗡嗡的声响,
路下面那无生命的土地。

那声音从毛驴脚下经过,
仿佛是嗡嗡,仿佛是隆隆。
那是一些矿工在干活,
他们正在用炸药作业,
那里离地面有几百英寻①。   980

我现在敢向你们保证,
下至农场雇工,上至国王,
若有一人坚信五就是五,
而自己必将被生吞下去,
那人就是彼得,不消商量。

当那只不言不语的小毛驴,
不用缰绳也不用刺棒驱赶,
在明月高悬的夜空下前行,
当灰白的尘埃寂然无声,
落定在洒满月光的路面,   990

这时候,可怜彼得的心,

---

① 英寻(fathom):1英寻约等于1.8米。

仿佛越来越被恶灵折磨。
他说,"我知道是怎么回事,
穿过草地,穿过山谷岩石,
有一个魔鬼正跟着我。"

想到此,他发出痛苦呻吟,
这时突然从一个农舍门口,
跑出一只小狗,猖猖狂叫,
猖猖叫着,吠声如豹——
还不曾有那样吠叫的狗。 *1000*

你大概以为这只吠叫的狗,
彼得一定很高兴看到。
你一定以为它的叫声,
能让彼得从恍惚中惊醒,
让地下的魔鬼落荒而逃。

这吠叫的狗哪怕不是狗,
而是一只咆哮的雄狮,
它也半点帮不上彼得,
它半点也不能够缓解
彼得·贝尔的不幸遭遇。 *1010*

彼得仿佛昏迷了一般,

怔怔地坐在毛驴背上，
又如目不视物的幽灵，
它的脸孔，若幽灵也有脸孔，
恰似没有眼睛的月亮。

每隔二十码甚至更短，
可怜的彼得（难怪他忧郁），
不论是在平地还是上坡，
总觉得那地下的恶魔，
将他和小毛驴一并托举。　　　　　　　　　*1020*

现在那温驯的毛驴来到了
山坳下面的一处所在。
那里孤立着一座小教堂，
碧绿的藤蔓覆满了屋墙，
一层层的藤蔓青青如盖。

这教堂很少有人想到或用上，
如今它几乎已经是荒墟，
仿佛它的墙壁，塔楼，屋顶，
都在大化的伟力之下屈身，
与周围的树木合为一体。　　　　　　　　　*1030*

彼得经过时深深地叹息，

说道,"当年,在伐夫郡①,
就是在这样的一个地方,
我也不知在搞什么名堂,
和我第六个妻子结了婚。"

彼得这样自言自语着。
到了这个时候,我觉得,
他已经不再热昏般相信,
道路仿佛在晕眩晃动,
是因为地下有一个恶魔。   1040

小毛驴一步步慢慢前行,
又经过一个乡村酒馆。
里面有一群狂饮之徒,
正频频赌咒,言语粗鲁,
大声喧哗着,沸反盈天。

我无法说清听到那吵嚷,
什么念头钻进了彼得脑中。
一种压迫使他难以呼吸,
仿佛黑暗不知从何而至,
笼罩住那无聊无谓的喧声。   1050

---

① 伐夫郡（Shire of Fife）：苏格兰一郡。

那声音彼得非常熟悉,
对他这快活的人来说,
那种酗酒使气的语言,
刚刚在几个小时之前,
还让他高兴,求之不得。

然而现在彼得的想法,
显然走上了另一条轨道。
他的一切所见,所闻,
只带来新的悲伤或惊恐,
只加深了他的懊悔和烦恼。 *1060*

他们经过一株盘曲的榆树,
可怜的彼得对自己说起:
"就在这样一个酒馆旁边,
有一个给盲人带路的少年,
我从他身上抢了六个半便士。

"就在那样一道门附近,
我实施了可耻的谋杀,
我杀死了'无赖',我的狗,
它本来情愿为了我奔走,
哪怕一直到海角天涯。 *1070*

"那忠诚的狗就像这小毛驴,
被我如此残忍地对待,
恰就是这样的一个生灵,
上帝造了我们,造了它们,
它们比我更有资格活下来。"

但最令他揪心的回忆是,
他想到一个人,一个女孩,
一个甜美活泼的高地女子,
像松鼠一般开朗而美丽,
像松鼠一般美丽而明快。 *1080*

她住在一个幽静的农舍,
周围的谷地丛生着欧石楠。
她穿上了绿色的长裙,
十六岁就离开了母亲,
追随着彼得·贝尔辗转。

但她的内心善良而虔诚,
她习惯于在教堂里祈祷。
她总是喜欢到教堂去,
每个安息日都要去两次,
哪怕两英里的路上雨落雪飘。 *1090*

当时她追随着彼得·贝尔,
是为了过上清白的生活。
因为他的舌头从不迟慢,
在圣坛前他发下了誓言,
要把她当妻子来爱护体贴。

她怀了一个孩子,但不久,
她憔悴了,仿佛孤苦无依。
她借用《圣经》里写到的人,
给未出世的孩子命名,
——便俄尼,意为"忧伤之子"。①   *1100*

因为她得知了彼得的营生,
对此她实在难以承受。
她开始变得瘦骨嶙峋,
那小孩子还没有出生,
她就死了,死于悲愁。

如今,移化人心的精灵,
正在彼得·贝尔身上忙碌。
他怔怔地坐在驴子背上,

---

① 便俄尼(Benoni):《圣经·创世记》35:18 中,拉结临死前为刚出生的儿子起名便俄尼,丈夫雅各则为这儿子起名为便雅悯(Benjamin)。

我想,他看到的可怕景象,
地狱里也未必如此恐怖。　　　　　　　　　　*1110*

他清清楚楚地看到了自己,
就在一丛开花的荆豆旁边。
他看到自己,那人的身量,
恰如他本人,一模一样,
离开大道不到五码远。

他看到在那丛荆豆之下,
横卧的正是那高地女人。
他听到了她发出的哀啼,
一如她当时在弥留之际,
哭叫着"母亲啊,母亲!"　　　　　　　　　　*1120*

汗水从彼得脸上淙淙而下,
他心中是这样愧悔难当,
他的眼珠是这样疼痛,
当他看着那凄凉的幻影,
在那一丛荆豆花之旁。

毛驴顺着一座小山下来,
但这一段路并不是很远。
它顺着山坡继续行路,

这时从下面的密林深谷,
有一种声音传到彼得耳边。 *1130*

那声音听起来仿佛是
裸露的岩壁传来的回声,
听,从低矮的小教堂里传出,
那是个虔诚的循道宗信徒,
向虔诚的教众宣讲福音。

他大声说,"悔罪,悔罪吧,
上帝是仁慈的,乐于宽宥,
尽力去爱上帝,尽全力,
去做合法而正直的事,
你们的灵魂才能得救。 *1140*

"我的朋友们,我的兄弟们,
尽管你们沉溺于痛苦邪恶,
在巴比伦荡妇①后追逐奔命,
尽管你们的罪醒目殷红,
也会被洗净,净如白雪。"

---

① 巴比伦荡妇(the Babylonian harlot):出自《圣经·启示录》,其意义说法纷纭,总而言之象征着邪恶。

经过教堂门时,这些声音,
清晰地传入了彼得耳内。
它们带来如此欢乐的消息,
那欢乐彼得简直承当不起,
他潸潸地流下了泪水。　　　　　　　　　　　*1150*

是希望与温情的甜蜜泪水,
他的泪如雨一般簌簌而落,
他的神经和筋肉仿佛消融,
铁一般的身躯感受到一种
松弛的力量,那样柔和。

他身体的每根神经,筋骨,
他体内所有的感官机能,
也许有些虚弱,但却轻柔,
就如同婴孩一般地轻柔,
如婴孩一般无辜,干净。　　　　　　　　　　*1160*

现在那温驯的小毛驴,
转上了一条狭窄的小路,
走向一面看得分明的门扉,
它用胸口将那门轻推,
然后无声地走了进去。

它顺着那石子路向前走，
脚步比幽灵还要轻缓。
它的蹄子踏落，悄然无声，
踏落在石块与鹅卵石中，
仿佛蹄子上裹了毛毡。　　　　　　　　　　　*1170*

小毛驴在那条小径之上，
走了大约不到二百码，
来到了一座孤独的房屋，
它朝那房屋转过身去，
在房门前将脚步停下。

彼得想，这是那死者的家。
他侧耳听，没有一点声音。
但你还来不及从一数到六，
就在那间茅屋的门口，
出现了一个小女孩的身影。　　　　　　　　　*1180*

她这是要赶到教堂去，
盼望能打听到一点消息。
看见彼得和驴，她发出尖叫，
如同做梦的人，她大声道，
"我父亲，我父亲在这里。"

那可怜的母亲听得清楚,
她清楚听见了女儿的声音,
又是喜悦,又由衷地惊慌,
她急忙赶出来,借着月光,
这才看清是另外一个人。　　　　　　　　　　*1190*

她颓然跌倒在了地上,
天上的满月明亮洁白。
她跌倒在毛驴的脚旁,
可怜的彼得从驴子背上,
狼狈不堪地跳了下来。

他该怎么办?那个女人
像死了一样,一动不动。
彼得陷入了悲伤的困局,
这样的情形他并不熟悉,
对他而言这全然陌生。　　　　　　　　　　*1200*

他把那女人扶了起来,
让她的身体靠在自己膝上。
这时她醒了,当她看见
可怜的毛驴站在她身边,
她哀叹起来,痛苦而悲伤。

"唉，赞美上帝！我安心了，
我早知道他已不在人世。"
她泪如雨下，潸潸不穷，
彼得竭尽了自己所能，
将发生的事情说与她知。 *1210*

他发着抖，面如死灰，
声音虚弱，心中惴惴。
他转过头去，欲言又休，
出于成百上千种缘由，
他的讲述那样支离破碎。

最后那女人终于明白，
他如何在草地上见到毛驴，
明白了如今在河床之侧，
她丈夫正一动不动地躺卧，
他溺了水，已经死去。 *1220*

毛驴就站在这女人身旁，
可怜的母亲频频看这牲口。
她看出这正是自家的毛驴，
她叫着可怜毛驴的名字，
她一次次地扭绞着双手。

"我命苦啊!他这样强壮,
要是死在床上该多么幸运!
他不生病,不知什么是痛苦,
但他再不会回到这茅屋,
他已经死去,永不复生。" *1230*

彼得站在那女人身边,
他的心变得越来越开阔。
一种神圣感出现在他心中,
对于人类,他这时的感情,
此前他还从不曾有过。

终于,在彼得的搀扶之下,
那个女人从地上站起。
"天可怜见!得做点什么,
你跑着去吧,我的小拉结,
穿过畜栏旁边的草地。 *1240*

"赶紧去,小拉结,去吧,
请马太·辛普森到这里,
恳求他今晚借我们用马,
这个好人——上天报答他——
会帮忙运回你父亲的遗体。"

小拉结哀哀地痛哭着去了，
一个婴孩被她的哭声惊醒，
从屋子里面发出哭叫，
彼得听见那母亲叹息道，
"可怜这孩子没了父亲。" 1250

彼得现在深深地感到，
人心是多么神圣庄严。
大自然经由死亡的领地，
向他吹入了第二次呼吸，
就仿佛春天的和风一般。

那女人坐在一块石头上，
无声承受着痛苦的折磨。
彼得从自己的思绪中醒来，
他渴望将她紧拥入怀，
因为他的爱无法宣泄。 1260

最后那女人从石头上起身，
仿佛忽然惊惧，忽然恐慌。
她跑过门槛，跑进屋里，
她跑上了茅屋的楼梯，
然后纵身扑倒在床上。

彼得移动自己的两只脚，
走向桤木下的一片树荫。
他坐下来，茫然无措，
用双手紧紧地压着前额，
把头埋在了膝盖之中。 1270

他就那样静静地坐着，
一动不动，如木偶泥胎，
仿佛他的灵魂正深深沉没，
穿过多少长眠的岁月，
最后他似乎从迷梦中醒来。

他转过头，看见了那毛驴，
它仍站在清澈的月光下面。
"我何时能像你一样纯良？
唉，可怜的牲口，我希望，
我心的纯良及得上你一半。" 1280

但是，听，又是那哀声！
那哀声又传自山坡的树林。
彼得又一次听到那哀哭，
他的心被沉闷的痛苦捆缚，
他觉得自己是无望之人。

那是小罗宾在寻找父亲,
他难掩自己的痛苦哀伤。
经过了多少艰难险阻,
他终于找到了回家的路,
现在正走在那小径之上。 *1290*

他向门口走来,这时候,
他看见了毛驴;一切生灵中,
谁有他这般喜出望外?
这已经成了孤儿的男孩,
心中并没有怨怒悲愤。

他三步两步冲向那毛驴,
从毛驴脖子旁爬了上去。
他对毛驴说亲热的话,
他亲吻毛驴的四肢面颊,
他亲吻毛驴不下一千次。 *1300*

彼得看到了眼前这一幕,
当他在茅屋的门旁站立。
彼得曾是恶棍,曾那样凶顽,
现在他大哭,像孩子一般,
"我再也无法承受,上帝。"

我的故事到此为止,因为,
马太·辛普森赶来,牵着马。
彼得与他上路,未有延迟,
离天亮还有两个小时,
他们一起将死者送回了家。　　　　　　　　1310

我有幸见过这毛驴一次。
在离雷明道不远的地方。①
这温顺的毛驴多少年间,
勤勤恳恳,任劳任怨,
寡妇和一家人多亏它供养。

彼得·贝尔在那夜之前,
曾无法无天,顽劣难禁。
那一夜之后他金盆洗手,
经过十个月的忧郁之后,
他成了一个善良正派的人。　　　　　　　　1320

---

① 雷明道(Leeming Lane):约克郡的一个村子。

泉
——一段对话①

我们坦诚交谈，我们的声音，
那样亲密而无伪，
一对朋友，虽然我很年轻，
而马修已七十二岁。

我们躺在树下，一株大橡树，
旁边的地上生着苔藓，
一道泉水从草地上汩汩而出，
涌流在我们脚边。

马修，泉声听起来如此可喜，
让我们与它应和， 10
用一首古老的边疆歌或小曲，
同这夏日正午相得。

---

① 作于一七九八年十月至一七九九年二月间，歌谣体。

或请你在树荫下唱那支曲调,
说的是教堂的钟,钟声,
你去年四月做了那首歌谣,
它诙谐又有几分痴疯。

马修在那里静静地躺卧,
凝视着树下的清泉,
然后这亲爱的老人回答我,
——愉快的他已白发斑斑。　　　　　　20

"泉水流进了下面的谷地,
它多么快活地流淌!
一千年后它仍将潺潺不息,
就如同现在一样。

"在这里,在这惬意的一天,
我如何能不想起,
从前,我常躺在这道泉边,
那时我有强健的体力。

"幼稚的泪模糊了我的眼睛,
我的心无端地纷扰,　　　　　　　　30
因为我听到了同一种声音,
那声音我当年也听到。

"它一如从前,我们则已衰谢,
然而敏锐的心灵,
固然伤悼岁月所带走的一切,
更伤悼它留下的种种。

"乌鸫在夏日的树林里,
云雀在山坡,
自得地唱着动听的歌曲,
愿沉默时,便沉默。　　　　　　　　　　40

"它们从不无谓地抗拒自然,
与之进行搏斗,
它们欢度青春,它们的老年,
美丽而且自由。

"但沉重的法则压着我们的脊背,
常常,我们已不再欢乐,
却仍戴着活泼的面具,因为,
我们曾经欢乐过。

"如果世界上有谁应该悼念
他葬在土里的亲人,　　　　　　　　　　50
他在家中曾拥有的那些眷恋,
——莫过于那愉快的人。

"朋友,我已进入垂暮的年岁,
我的一生得到称许,
现在许多人爱我,但没有谁,
爱我到足够的程度。"

"谁这样抱怨就委屈了他自己,
同时也委屈了我!
我在这快乐的平原度日,
悠然唱着我的歌。   60

"你虽然失去了孩子们,马修,
我愿当你是父亲!"
他的一只手紧握住另一只手,
说,"唉,那不可能。"

我们站起身来,从泉水之旁,
沿羊群走的青青小路,
顺着和缓的山坡从容下降,
然后我们穿过杂树。

在我们还没有到列纳岩之前,
他唱起了那支诙谐曲调,   70
唱的是教堂的老钟如何疯癫,
还有它的钟声嘈嘈。

两度四月清晨[①]

我们走着,当鲜红的朝阳,
煌煌升起在天边,
马修停住了脚步来远望,
说,"愿上帝之意实现。"

他是村子里的一位教师,
灰头发微光闪烁,
在这样一个春天的假日,
没有人比他更加快活。

那一天清晨,穿过了草丛,
沿水雾朦胧的溪边,
我们心情愉快,信步而行,
要在山中度过这一天。

我说,"我们顺利开始旅途,

[①] 作于一七九八年十月至一七九九年二月间,歌谣体。

旭日是如此美丽,
你想到了什么,触动了肺腑,
发出悲伤的叹息?"

马修又一次停下来站定,
目不转睛地远眺,
他遥遥地望着东方的山顶,
对我这样答道—— 20

"那一块有紫色长裂缝的云,
让我又一次想起,
有一天,跟今天这样相近,
而三十年已经过去。

"在那片生长着玉米的山坡,
也是这样的深红光芒,
那一个四月清晨从天空降落,
一如我眼前的景象。

"我带着鱼竿和线,静静垂钓,
在德文特河之畔, 30
走到教堂旁时,我停住了脚,
站在我女儿坟边。

"她只在不到九年的夏日中,
目睹了这谷地的盛装,
她的歌声!——她优美的歌声,
就如同夜莺一样。

"我的艾玛在地下六英尺长眠,
我爱她却愈加深切,
因为,就仿佛在那一天之前,
我从来不曾爱过。 40

"我从她的坟边转过身来,
在墓园的紫杉树下,
我遇见了一个鲜花般的女孩,
朝露湿了她的头发。

"一个篮子放在她的头顶,
她的前额莹白光洁,
这样美的孩子,这样的情景,
谁见了能不喜悦。

"从岩穴中涌出的一道道泉流,
也不及她脚步轻盈, 50
她仿佛一朵浪花般不知忧愁,
在大海上翩翩舞动。

"我发出了一声痛苦的叹息,
这叹息我难以阻遏,
我一次又一次向她看去,
但并不希望她属于我。"

如今马修也已在土中埋葬,
我却看见他站在那里,
宛然就是他那一刻的模样,
手持一根野苹果枝。　　　　　　　　*60*

露西·格雷①

我常听人说起露西·格雷的事。
碰巧,有一天清晨,
当我正行走在旷野时,
曾见到她独自一人。

露西没有朋友,没有伙伴,
她住在广袤的旷野,
长在门旁的所有生灵中间,
她是最可爱的一个。

你还能看见小鹿在嬉闹,
看见兔子在草地上,
然而人们却永不会再见到
露西那可爱的脸庞。

"今天晚上会刮起暴风,

---

① 作于一七九八至一七九九年,歌谣体。

你现在得到镇上去,
孩子,带一个灯笼给你母亲,
帮着她在雪中照路。"

"父亲,您的话我愿意照办,
现在才下午的模样,
教堂的钟刚刚敲过了两点,
天上能看得见月亮。"[①]   20

这时露西的父亲举起了铁钩,
钩住捆柴禾的绑绳,
他继续干着活,露西伸出手,
把灯笼提在了手中。

山里的獐鹿也没有她欢畅,
她的脚快活地赶路,
一下下踏在粉状的雪上,
雪扬起来,仿佛烟雾。

暴风雪提前来临,变了天,

[①] 一八一六年,克莱伯·罗宾逊(Crabb Robbinson)记录了华兹华斯对此的解释,"他旨在诗意地表现完全独自一人的状态,所以他写这女孩能看到白天的月亮,而城镇或村中的女孩对此不会留意"。

她上上下下地逡巡。 30
露西爬上了很多座小山，
却不曾抵达那市镇。

可怜她的父母整个夜里，
都在呼唤，四处彷徨，
没有什么声音，也没有踪迹，
告诉他们孩子的去向。

他们到一座山上时已是拂晓，
整个旷野尽收眼底，
从那里他们望见了那座木桥，
离他们家只二百米距离。 40

他们转向家的方向，一边说，
"我们将在天国重逢！"
这时母亲看见了地上的积雪，
雪中有露西的脚印。

他们走下了那陡峭的山坡，
循着小脚印的方向，
从残破的山楂篱笆中穿过，
又顺着长长的石墙。

然后他们穿过一块开阔地，
那脚印依然不变，　　　　　　　　　　　　50
他们追随着脚印，寸步不离，
最后来到了桥边。

他们从白雪皑皑的河岸上，
循着脚印，一个一个，
就这样他们到了木桥中央，
脚印在那里终结。

但有人坚持说，一直到今日，
露西还活在世间，
他们说，你能看到可爱的露西，
在寂静的旷野出现。　　　　　　　　　　　60

坦途与险途，她都轻快走过，
一次也不曾回望，
她独自一人，唱着一支歌，
歌声在风中飘扬。

兄弟①

上天保佑我们！这些游客一定过着
富足的生活。他们有的一路上，
活泼地四面张望，仿佛地面是空气，
而他们则是漫长的夏日里，
飞来飞去的蝴蝶；有的不亚于此，
高踞在一块突出的悬崖之上，
膝上放着一本书，一支铅笔，
看了写，写了看，消磨的时间，
足够一个人走十二英里的长路，
或者收割邻居的一英亩玉米。　　　　　10
但是，那一个无所事事的闲人，
他为何在那边停留？我们的墓园中，
既没有墓志铭，也没有纪念碑，
墓石或名字，只有脚下的青草，
和几座仿佛浑然天成的坟冢。

---

① 作于一八〇〇年，素体。

恩纳谷①淳朴的牧师这样对妻子简说。
那是七月的一个傍晚，他坐在
自家老屋的屋檐下长长的石椅上，
当天，他碰巧忙着冬天的活计。
他的妻子也坐在那条石椅上，　　　　　　　　20
挨着丈夫，梳理着缠结的羊毛。
牧师拿两柄刷子（刷齿是亮铁丝），
梳着羊毛，供小女儿的纺锤使用，
那孩子在露天处，前后移着脚步，
转动着大圆纺车。过去半小时中，
牧师向着田野里的一处地方，
屡屡投去惊奇的目光，在那里，
只有教区的小教堂独自矗立，
周围环绕着一带生着苔藓的素墙。
终于，这位老牧师站起身来，　　　　　　　　30
小心翼翼地把手中的工具，
放在堆起来的雪白羊毛旁边，
将两把刷子交叉着扣在一起，然后，
他沿着从自家茅屋到墓园的小径
走过去，急着想招呼那陌生人——
他看见那生客仍逗留在墓园中。

---

① 恩纳谷（Ennerdale）：英国湖区西北角一个山谷。

这生客并非生客。牧师曾很熟悉他，
那时他还是个牧童。不到十三岁时，
他改换职业，成了与别的水手
为伴的一个水手，他就这样， 40
度过了二十年的时光。但是，
他生长于山中，在汹涌的大海上，
他内心深处仍然是半个牧羊人。
他叫列奥纳多。当风吹着船的绳索，
他常听到瀑布的声音，内陆的洞穴
和树的声音；在南北回归线之间，
当方向恒定的风鼓满了稳稳的帆，
多少天，多少个星期不变地吹着，
在万里无云的海上，划出一条长长的
令人疲倦的线，在那空虚荒凉的时光， 50
常常，他会俯伏在船舷的一侧，
目不转睛地凝望着，凝望着。
宽阔的碧绿海波和耀眼的飞沫，
在他周围闪烁出种种形象，色彩，①
正与他内心的动息彼此应和。
他就这样被热病般的激情攫住，

---

① 华兹华斯原注："对水手热带谵妄症的这段描述，源于我粗略记得的吉尔伯特在散文体《飓风》一书中的生动描绘。"吉尔伯特（William Gilbert，大约一七六〇年～一八二五年）著有《飓风》（*The Hurricane*）一书。

甚至用他那一双血肉的眼睛，
就在下面，在深渊般的大海的怀抱，
看到了高山，看到青翠的山坡上
吃草的羊，掩映在树木中的房屋， *60*
还有牧羊人，穿着乡村的灰色衣裳，
与他自己曾穿过的一样。
　　　　　　　现在，
历经了多少艰险，带着一小笔资财
（是从马来群岛①的贸易中得来），
他终于又回到了自己的故乡。
他下定了决心，要重新去过
从前那样的生活，既为其中种种
宝贵的乐趣，也为了在一切困苦中，
对唯一的弟弟始终不渝的爱。
这爱可以追溯到快乐的童年， *70*
那时，风里雨里，他们两个一起
在故乡山上牧羊，一对牧羊的兄弟。
他们是家族最后的两个传人。
如今，当列奥纳多走近了故居，
他的心变得怯懦，他不敢向人
探问一下挚爱的弟弟的消息，
于是朝教堂的墓园走了过去。

---

① The Indian Isles，即 East Indies，狭义可指马来群岛，广义可指整个东南亚。

他知道在墓园中,自己家族的人
埋葬在哪个角落,这样就能看出,
弟弟是活着,还是家人的坟冢外,　　　　　　　　80
又添了一座坟。——他发现了一座新坟。
他在那坟边伫立了整整半小时。
但是,当他凝视这坟的时候,
他的记忆变得如此纷乱模糊,
他开始怀疑自己。他希望自己
从前就曾经见过这一丘青草,
他希望这并不是一座新的坟,
而是被自己遗忘的坟。那天下午,
当他顺着谷地朝上行走的时候,
当他穿过曾经那样熟悉的田野,　　　　　　　　90
他居然迷了路。啊!想到这里,
他是多么惊喜!他抬起眼睛,
环顾着四周,觉得在自己眼中,
森林,田野,四面八方,仿佛
都发生了莫名的变化,连岩石,
连永恒的山,都有异于从前。

此时,列奥纳多并没有注意到
从田野走来的牧师。在墓园门口,
牧师停住脚步,在那里从容地,
以轻松自得的心情,打量这陌生人。　　　　　　　100

牧师一边微笑着，一边对自己说，
这必定又是那一种人，他离开了
世事的道路，开始独自在乡野出没，
不需劳碌，度着永远的假期；
这快乐的人在田野间缓缓而行，
任由心绪随时变换，有时候，
让泪水在面颊流淌，有时候，
脸上浮现独处者的那种笑容，直到
落日在他额头打上"愚人"的烙印。
牧师就这样站在一个凉棚下，　　　　　　　　　*110*
那棚子罩着这朴素的墓园的门。
善良的牧师可以一直这样站着，
一直自语，直到天空有星光出现，
然而那陌生人已经从坟边离开，
向他走过来。他马上认出了牧师。
他们彼此问候，列奥纳多问候时，
没有说自己的身份。他们开始交谈。

列奥纳多

先生，您在山谷中过着宁静的生活，
您过往的岁月构成无波澜的序列。
如果日子被欢迎而来，欢送而去，　　　　　　*120*
它们彼此相似，甚至无法被记起，
那么谁还会痛苦，愁烦？这墓园中，

一年半的时间也未必有一次葬礼。
但即便你们当中也自有变化发生。
您久居于此,即便在这些岩石中,
您也能觉察到生死变迁的痕迹,
也能看到,我们有七十年的寿命,
但永远逝去的却并非只是我们。
多年前我曾在这条路上走过,记得
溪边顺着田野有一条小径——   *130*
它不见了!还有那深黑的石缝,
在我看来,似乎它如今的面目
也与从前不同。

牧师

    哦,先生,就我所知,
那裂缝大体还是老样子——

列奥纳多

     可是那边——

牧师

诚然,那边,您的记忆并没有
欺骗您。——在那座高耸的山峰上
(它是周围群山中最孤寂的地方),
曾有两道泉水,紧挨着汩汩而流,

仿佛天生它们，就是为了让它们
彼此相伴。就在十年前，这两道　　　　　*140*
兄弟般的泉水旁边，那高大的悬崖
被闪电击中，一道泉干了，死了，
只有剩下的一条依然流淌着。
这样的变故，我们这里还有很多！
一条水龙卷①可以冲塌半座山，
如果像您这样漫游的人看到，
那宽大的山崖成了一条轰鸣的瀑布，
一英亩宽的瀑布，将是怎样的飨宴！
而五月里一场猛烈的暴风雨，
会夹带着一月间的那种大雪，　　　　　*150*
一晚上就会有四百只羊暴毙，
成了乌鸦口中的食物；或者，
某个牧羊人在山岩中意外亡故，
河冰裂开，冲毁了一座桥梁，
一座树林被砍伐——还有我们的家事！
一个孩子出生或洗礼，犁开一块田，
一个女儿去作女仆，一块布织就，
家里古老的钟重新装了钟面。
所以，我们并不缺少事件或日期，
来记录时间，在我们这里生活的人，　　*160*

---

① 水龙卷（waterspout）：龙卷风引起的水柱。

都有两本日记,先生,一本记录着
整个谷地,另一本记录着每个家庭。
您不是本地人,才那样说。这些山谷
是历史的忠诚记录者。

列奥纳多

      但你们的墓园,
如果您允许我冒昧地说一句,
似乎表示,你们并不在意过去。
没有墓碑,也没有黄铜牌子,或者
骷髅图案,没记录我们的尘世地位,
或者我们的希望;死者的家园,
与放牧牛羊的草地几乎一模一样。 *170*

牧师

先生,您这样的想法我还从未有过。
如果英国的墓园都像我们的这样,
的确,石匠们就要讨饭吃了。
但实情并不是您以为的样子。
我们并不需要镌刻名字或墓志,
我们在家里的火炉边诉说着死者。
而若说我们人的不朽灵魂,先生,
我们何须标记来告知那朴素的真理。
对生于山中,死于山中的人而言,

想到死亡并不是件痛苦沉重的事。①   *180*

列奥纳多

看来,仿佛你们这些谷居的人,
在彼此的心念中获得了第二次生命。
先生,您能不能对我讲一讲
这里的坟墓之中一半的故事?

牧师

我亲眼见过,亲耳听到过的,
也许可以讲给您。如果一个冬夜,
您坐在我家烟囱下的角落里,
我们俩,先生,可以在闲谈中,
——翻过这些丘垄,做奇特的旅行,
然后发现,那些故事都普通而平凡。   *190*
看那座坟——您的脚正半踏在上面,
它仿佛没什么异样,但那一个人
是伤心而死的。

---

① 华兹华斯注:"这些山中居民的风俗举止中,最引人注意的是他们在念及或谈及死亡时的平静——我甚至可以说是淡漠。如此诗中所描述的,不少乡村墓地里并无一块墓碑,多数墓地里只有寥寥几块墓碑。"

列奥纳多

    这样的人有很多。
换一个吧。那边山墙下有三座坟,
最后一座,睡在其中的人是谁?
那座坟紧挨着墓园的围墙下
一块天然的岩石。

牧师

    那是沃特·尤班克。
他头发是雪白的,脸颊却红润,
青春与老年在他的身上共存。
他一直健健康康地活到八十岁。 *200*
在五代人的漫长年月,他的父辈们
一代一代传递着那一间茅屋,
您看,那边还有几块绿油油的田地,
但他们的心比家产更加宽宏大度。
他们劳作不息,然而从父辈到儿子,
一代代挣扎着,每一代都像上一代,
失去一点,再失去一点。老沃特,
他们留给他家族的心和土地,
土地承载庄稼,也承载着别的负担。
一年年中,这老人依然保持乐观, *210*
与债务,利息,抵押相搏斗。

然而他终于沉沦，终于死去，
他本来还可以活得更加长久。
可怜的沃特！只有上帝知道，
焦灼是否催逼着他，但直到最后，
他的脚步都是恩纳谷里最轻快的，
那从来不是一个老人的脚步。
我仿佛看到他从路上健步走来，
身后跟着他的两个孙儿——但除非
您今晚在我们的小客栈歇宿，否则，　　　　　　*220*
您还有长路要走，而在崎岖的路上，
即使仲夏里最长的一天——

列奥纳多

但这两个孤儿！

牧师

　　　　　　孤儿！他们确实成了孤儿，
然而沃特在世时，他们并非孤儿。
他们的父母已像现在这样长眠，
老沃特对两个孩子却如同父亲，
既是他们的祖父，也是父亲。
他谈起过世的亲人时会落泪，
爱使他脆弱，使他魂牵梦系，
如果说这些都是母亲的心怀，　　　　　　　　*230*

那么，沃特在年纪很大的时候，
对两个孩子又如半个母亲。——先生，
您听到陌生人说起陌生人便已流泪，
上帝保佑您，当您在自己亲人中间！
唉，您可以看那边——那座坟
是值得一看的。

列奥纳多

     我希望这两个孩子
爱这善良的老人。

牧师

      他们确实爱祖父，
但这一点几乎被我们大家忽略，
因为他们彼此之间是如此友爱。
从摇篮时起，他们就与沃特生活，　　*240*
那是家中唯一的亲人，但他老了，
两个孩子还有爱的丰富贮存，
这爱就都流入了彼此的心中。
哥哥列奥纳多比弟弟大一岁半，
但比弟弟高两岁的样子。谁看到，
听到，或者见到他们，能不高兴！
他们家离学校有三英里，风雨天，
或解冻的时节，每一条小水沟，

没有桥梁的小溪——您大概注意到,
在我们的路上,每走百步就要过水——　　　　　　250
都涨成了喧嚷的小河,那时,
比他大的孩子都可能待在家中,
列奥纳多却步履蹒跚地涉水,
背上背着他的弟弟。——我见过他,
在刮风的日子,在一条蜿蜒的溪中,
我不止一次见过他,水没到他膝盖,
他们的两本书放在溪水这一边
一块干爽的石头上。我还记得,
有一次,当我环顾这些岩石和群山——
我们全都出生于此——我说,　　　　　　　　　260
上帝创造了世界这一本伟大的书,
他会保佑这两兄弟的虔诚——

列奥纳多

　　　　　　　然后——

牧师

全英国也没有那样诚笃的少年。
在秋日里最为晴好的星期天,
坚果成熟了,一串串那样诱人,
但不能阻止他们俩到教堂去,或者,
诱惑他们破坏安息日,哪怕一小时。

列奥纳多,詹姆士!我敢说,
四周山岩的每个角落,每个谷地,
人迹能到之处,两兄弟中至少一人　　　　　*270*
就很熟悉,如同生在那里的花朵。
他们好像两头鹿在山中跳跃,
好像两只小渡鸦在山崖上嬉戏。
他们会写字,谈吐有礼,不逊于
地位高于他们的人——唉,列奥纳多,
他离开家之前的那一个晚上,
就在我家中,我把一本《圣经》
放到他手里,我跟您赌二十英镑,
如果他活着,那《圣经》一定在他身上。

列奥纳多

看来这两兄弟没能彼此安慰着,　　　　　　*280*
一起活到今天。

牧师

　　　　　　我们这山谷中,
老老少少的人们都如此盼望,
盼望这兄弟二人能一起终老,
我自己也常常会为此而祈祷,
但是列奥纳多——

列奥纳多

    这么说詹姆士还活着——

牧师

  我说的,是其中的那个哥哥。
  他们两人有一个叔父,当时,
  他做海上贸易,生意很兴隆。
  如果不是因为这叔父,直到今天,
  列奥纳多也不会去摆弄船上的绳索, *290*
  因为那孩子钟爱我们这里的生活。
  虽然他不过是个十二岁的少年,
  他的灵魂却与故土缠绕在一起。
  但是,我说过,老沃特太虚弱了,
  无力抵挡命运的逆流。他死的时候,
  田产和房子都卖了,还有所有的羊,
  那漂亮的羊群,我知道,一千年来,
  他们家的衣裳都出自家中的羊群。
  他们变得一贫如洗,一无所有。
  列奥纳多主要为了弟弟的缘故, *300*
  决心到大海上去碰一碰运气。
  十二年前,我们最后得到他的消息。
  我们中如果有哪一个人听说,
  列奥纳多·尤班克回家来了,

从大槌山，沿着利泽河的河岸下来，
沿着安娜河下来，直到艾格蒙特，①
如果这样，那一天将如同节日，
我们这儿的两口大钟，您看，
就悬挂在露天里——唉，好心的先生，
这都是伤心话，钟不会为他而鸣， 310
无论生死。我们最后听到他的消息，
那时他在北非海岸的摩尔人手中，
做着奴隶——能击垮他的精神的，
必定是惨祸，那青年在死去之前，
必定曾饱受了痛苦的折磨——
可怜的列奥纳多！我们分手时，
他抓住我的一只手，对我说，
如果将来哪一天，他有了钱，
他会回来，会在他父辈的土地上，
在我们中间老去。

列奥纳多

     如果真有那一天， 320

---

① 华兹华斯注："我猜，大槌山之所以得名，是因为它看起来像尖顶屋两端的山形墙。那是坎伯兰最高的山之一，矗立在几条谷地——恩纳谷、沃斯谷（Wasdale）、博罗谷（Borrowdale）——的尽头。利泽河（Leeza）是一条流入恩纳谷湖中的河，从湖中流出时它改了名字，被称为安娜河（End，或 Eyne，或 Enna），在过了艾格蒙特后不远处流入大海。"

对于他，那必将是欢乐的日子，
他必将非常喜悦，每个遇到他的人，
都不会比他更喜悦——

牧师

    喜悦，先生——

列奥纳多

您说他的父母和祖父都长眠在土中，
您说过他还有一个弟弟——

牧师

     那是
另一个悲伤的故事。从小时候起，
詹姆士谈不上病弱，却很单薄。
而列奥纳多一直在他的身边，
一直悉心地照料着他，所以，
尽管詹姆士也并非性情怯懦，   *330*
但是，一个山地少年的气质，
在他的身上似乎是有所抑制。
哥哥出海之后，留下他一个人，
他脸颊上曾有过的那点血色
也消失不见了，他日益凋谢。

列奥纳多

但这些全都是成年人的坟墓!

牧师

对,先生,詹姆士的那段日子过去了。
我们收留他,他成了全谷地的孩子。
他在这家住三个月,在那家住半年,
并不缺少吃穿,也不缺少爱, 340
度过了许许多多快乐的日子。
但我总相信,不论是喜是悲,
远涉他乡的哥哥仍然在他心头。
他住在我家的时候,我们发现
(他一直不知道自己有这样的习惯)
他常常会在夜里从床上起来,
在睡梦中走来走去,在睡梦中,
他寻找着列奥纳多——您被感动了!
原谅我,先生,在跟您说话之前,
我对您的评判有失厚道。

列奥纳多

      这年轻人, 350
他最后怎么死的?

牧师

    那是十二年前,
五月一个晴好的清晨,正值早春,
詹姆士去到新生的羔羊中间,
与他同行的还有两三个伙伴。
碰巧,有一件事需要那些伙伴
到谷口一座房子去。他可能累了,
或者因为别的缘故,留了下来。
您看那边的悬崖——它看起来,
仿佛是由一重重高崖支撑的广厦,
特别是,其中有那样一块巨石,   *360*
从山谷中像柱子一般拔地而起,
我们牧羊人都称它为"砥柱"。
詹姆士指着那巨石的崖顶——
他们本来都是要回到那里的——
他告诉他们,自己在那儿等他们。
大家就这样分手。大约两小时后,
伙伴们到了事先约好的地方,
却没有找到他,那时这情形,
并未引起他们的注意。但是,
其中有一人恰巧晚上来到了   *370*
詹姆士当时所居住的那户人家,
才得知一整天都没有人见到他。

天亮了，依然没有他的消息。
于是，邻居们都惊惶起来，
有人去溪水边，有人去湖中，
不久，他们就在那高崖脚下，
找到了他血肉模糊的身体。第三天，
我埋葬了他，可怜人，他就在那里。

列奥纳多

看来，那的确是他的坟！——您说过，
他在死前度过了许多快乐的岁月？ 380

牧师

的确如此——

列奥纳多

　　　您说过，他一切都好——

牧师

说他有家，不如说他有二十个家。

列奥纳多

那么您相信，他的心是安宁的——

牧师

是的,他在死前很久就发现,
时间是疗治悲伤的良药。除非
当他想到列奥纳多的不幸,否则,
他说起哥哥,总带着愉快的爱意。

列奥纳多

他的结局应该不是不圣洁的。①

牧师

不会,绝对不会!您还记得,
我曾对您说过,多虑和悲思,   *390*
让他有了梦游的习惯。我们都猜,
那一天天气晴暖,他躺在草地上,
这样躺着,等候伙伴们归来,
就在草地上睡着了,睡梦中,
他站起身走到了悬崖的边沿,
从那里,头朝下失足跌了下去。
他无疑就是这样死的。我们猜,
当时,他的手里一定还拿着
牧羊人的手杖,因为在悬崖半空,

---

① 基督教视自杀为一种罪过。

手杖被挂住，这么多年以来， 400
就在那儿高悬，朽烂。

     牧师说完了。
陌生人本想谢谢他，但他感到
有泪水涌了上来。二人无言地离开。
到了墓园门口，牧师拨开门闩，
这时候，列奥纳多转过身去，
凝视着那座坟，说，"我的兄弟。"
牧师并没有听到他的话。现在，
牧师用手指着自己家的茅舍，
请列奥纳多去家中吃一顿便饭，
列奥纳多声音激动地感谢他， 410
但是说，傍晚的空气这样清和，
他愿继续赶路。他们就这样分别。

此后不久，列奥纳多来到了
路边的一座小树林。他停下脚步，
在树下坐下来，一一回想起
牧师说的每一句话，他心中，
浮现出自己的童年。一小时之前，
他还曾怀抱着的热望和想法，
如今这样沉重地压迫着他，如今，
这个他曾那样喜悦地居住的山谷， 420

他仿佛已不能承受在其中居住。
于是，他放弃了全部的初衷，
继续赶路到艾格蒙特。当天晚上，
他从那里给牧师写了一封信，
谈起在他们之间发生的事情，
然后说，由于内心深处的软弱，
他一直没有说出自己的身份，
对此，他请求得到牧师的谅解。

写了这信后，他又上船做了水手。
如今，他是一个头发花白的水手。　　　　*430*

鹿跳泉 ①

鹿跳泉是约克郡一眼小小的泉水,离里士满约五英里远,靠近从里士满到阿斯克里奇②的路边。它得名于一次奇特的逐猎。本诗"下篇"提到的遗迹,保存了那次逐猎的记忆。那些遗迹至今尚在,一如诗中所述。

骑士从温思雷旷野下来的时候,
仿佛夏日的一朵云那样缓慢,
他转身面向一个仆役的屋门口,
"再换一匹马!"他大声呼喊。

"再换一匹马!"仆役听到这呼叫,
为他最好的灰骏马装好鞍具。
那沃特爵士纵身跃上了鞍桥,
他已换了三匹马,今天好不快意。

---

① 作于一八〇〇年初,每段韵脚格式为abab。
② 里士满(Richmond),阿斯克里奇(Askrigg):约克郡地名。

灰骏马欢腾跳跃,双眼闪光,
马和马背上的骑手一样欢乐,　　　　　　　　　*10*
但尽管爵士策马如鹰隼翱翔,
空气中却有一种悲伤的静默。

那天上午一群人离开爵士的厅堂,
他们纵马奔驰时,山鸣谷应,
但人和马后来全都不知了去向,
这样的逐猎我想人们还闻所未闻。

沃特爵士像一阵飘风般焦躁,
他呼喝剩下的几只疲惫的猎犬,
高贵的"布拉赫","音符","飞镖"①,
追随着他,气喘吁吁地攀登高山。　　　　　　　*20*

骑士呼哨着,催促猎犬奋力前进,
他或打着恳求的手势,或疾言厉色。
但那些猎犬呼吸困难,两眼无神,
一只接一只在羊齿蕨中颓然倒卧。

众人在哪里?哪里有逐猎的喧嚷?
那欢快的号角声都去了何处?

---

① 这些都是猎犬的名字。"布拉赫"(Brach)意为"母猎犬"。

这逐猎简直不像是人间的景象,
现在只剩下了爵士和那一头鹿。

可怜的鹿顺着山坡吃力地前行,
它跑出了多远,我不会告诉你。 30
我也不告诉你它究竟怎样毙命,
但爵士看见它时,它已倒地死去。

爵士下了马,靠在一株山楂树上,
没有随从,没有狗和各色仆人。
他没有甩鞭子,也没有将号角吹响,
只是看着那猎物,说不出的开心。

在爵士倚靠的那株山楂树旁边,
他的马站着,也参与了这壮举。
它如新生的羔羊般全身疲软,
口吐的白沫如同山中的瀑布。 40

那鹿侧卧在地上,四肢僵挺,
鼻子半触到山底的一眼泉流。
它最后的呼吸,它临终的呻吟,
震动得那泉水依然在微微颤抖。

沃特爵士兴奋得不肯休息,

从来没有人兴奋得像他这样。
他向东南西北,一圈圈踱步,
他不住地打量那可爱的地方。

沃特爵士顺着山坡攀上去,
五十多米高都是陡峭的山岭,　　　　　　　50
他看到三个分开的印记,是那鹿,
它的蹄子在青草上留下了印痕。

爵士擦着脸,大声对自己说,
"哪个活人曾见过这样的场面?
鹿跳了三下,从这样高的山坡,
落到了它现在躺卧的泉水边。

"我要在这里建一座快活的别墅,
还有一片小树荫,以享乡野之乐,
旅人和朝圣者可在此歇息驻足,
羞涩的女郎们可在此幽会密约。　　　　　60

"我要找到一个善建造的高手,
凿出石盆来贮存那谷中的泉水。
从此人们提到那泉水的时候,
'鹿跳泉'将永远是它的称谓。

"勇敢的鹿,为把你的声名传扬,
我还要在此立石,以纪念你。
你的蹄子在青草上踏过的地方,
将会有三根粗朴的石柱矗立。

"将来,当夏日的永昼难以消磨,
我会带着我的情人来到此间,　　　　　　　　70
我还要带着舞者,吟游的歌者,
在那宜人的树荫下恣意寻欢。

"除非群山的根基也会动摇,
我的华堂与树荫将世世永存,
为斯韦尔河边耕种的人带来荣耀,
还有乌尔森林里的那些居民。"

然后他回家去,留下那只死鹿,
鼻中没有了呼吸,躺在泉水上。
骑士很快实现了他的宏图,
他的声名远播到异国他乡。　　　　　　　　80

月亮还没有第三次变圆之时,
就有一个石盆承接住山泉。
爵士立了三根粗石凿的柱子,
一座享乐的别墅在山谷出现。

在那泉水旁边，高高的花木，
与藤蔓，与杂树缠绕难分，
很快成了一个绿意盎然的去处，
茂密的花叶足可以蔽日遮风。

当炎夏漫长，漫长得难以消磨，
沃特爵士和他的情人来到此间，　　　　　90
带着舞者，带着吟游的歌者，
在那宜人的树荫下恣意寻欢。

那骑士，沃特爵士，终于也死去，
埋骨于他祖辈的山谷之中。
但还有一些事需要第二首诗，
我现在把第二个故事说给你听。

下篇

我并不善于讲述惊心动魄的事，
也没有本领让听众血液凝结。
我爱的是在树荫下，炎炎夏日，
独自为多思的心灵唱支朴素的歌。　　　　100

当我从豪斯出发，去里士满的方向，
我碰巧看见，在一个山谷里，

一座方丘的三个角上有三株山杨,
第四株离一道泉不足四码的距离。

这些树有何深意,我无从猜测,
我拉住马的缰绳,让马站定。
我看到有三根柱子排成一列,
最远的一根矗立在阴沉沉的山顶。

灰白的树没有枝条,没有树冠, 110
那青褐色的方丘一半已荒芜。
看到这情景,你会像我一样喟叹,
"曾经有人的手加工过这些事物。"

我环顾远远近近的崇山峻岭,
没有人见过这样忧伤的所在,
仿佛春天从不曾来到这谷中,
仿佛这里的自然任由自己朽坏。

我站在那里,思绪纷乱如麻,
这时一个人,身穿牧羊人的衣裳,
顺着谷地走过来,我招呼他,
询问他这是一个怎样的地方。 120

牧羊人停下脚步,向我讲述

我在上一篇诗里讲述的情由。
他说,"从前这是一个快乐去处,
但现在这不祥的地方已遭诅咒。

"你看这些毫无生气的杨树桩,
也有人说是榉树,有人说是榆树,
这就是那树荫;还曾有座华堂,
它本是万邦中最美丽的殿宇。

"树荫的情形一望便知,不消我说,
你也看到那石头,山泉,泉水泠泠。　　　　　*130*
但说到那华居,你可以尽日寻索,
仿佛寻觅一个已被遗忘的迷梦。

"无论什么牲畜,狗,牛,马,羊,
都不愿在那石盆中濡湿嘴唇。
常常,当全世界都沉入了梦乡,
这水中会发出一阵凄凉的呻吟。

"有人说在这里曾发生过谋杀,
血债要血来偿还;但就我而言,
我觉得——当我坐在太阳底下——
这些都与那只不幸的鹿有关。　　　　　　*140*

"怎样的念头在它的脑海闪过?
它从高山上的那块岩石到这里,
只跳了三下,你看这最后一跃!
啊,先生!这一跃实在残酷无比。

"它被追逐了十三小时,疲于奔命,
我简单的头脑觉得,我们无法判断,
那鹿爱这里是出于怎样的原因,
它跳下来,决意死在这泉水旁边。

"也许从前的夏天,在这草地上,
潺潺的水声曾伴它沉沉入睡。   150
也许当它第一次离开母亲身旁,
这是它啜饮到的第一口清水。

"四月里,在这芬芳的山楂树树荫,
它曾听群鸟唱出动听的晨曲。
也许它出生的地方——我们岂能说清——
也许那儿离泉水不到百米的距离。

"现在,这里既没有青草也没有阴凉,
太阳从未照见如此萧索的山谷。
我常常说,它将来也会一直这样,
直到树,石,泉水都踪迹全无。"   160

"白发的牧羊人，你说得多么好，
你的想法与我的没有大分别。
那只鹿的纵跃已被大自然看到，
神圣的同情哀悼着它的陨灭。

"神灵在一朵朵云里，在空气里，
在树林的绿叶间，无处不在。
他对自己钟爱的那些安静的生物，
有一种深切而又敬重的关怀。

"那华堂已成尘土，堂前堂后，
笼罩的是异样的荒芜与凄凉。　　　　　　170
但这里的自然，只要年深月久，
会重新披上华美灿烂的衣裳。

"她让这遗迹慢慢朽坏，向人昭示，
我们现在如何，我们从前如何。
但这里终将迎来更温和的时日，
这种种遗物终将被草木掩没。

"大自然或显或隐，给我们教导，
牧羊人，请与我将这一训诫分享：
不要让我们的欢乐，我们的骄傲，
其中掺入哪怕最卑微生灵的忧伤。"　　　　　　180

家在格拉斯米尔 ①

当我还只是一个上学的孩子,
——我记不清自己多大,是哪一年,
但却清楚地记得那一时刻——
有一次,我驻足于那山顶的边缘,
看到这样一个与世隔绝的所在,
一阵突然的热情涌入我心中,
我忘记了匆忙,而我追逐少年之事,
总是步履匆忙的。我叹了口气说,
"如果能住在这里该多么幸运!
如果我也想到过死亡,如果我也曾 10
想到过生死离别,天堂就在我眼前,
那么,能死在这里该多么幸运!"
我并非先知,甚至并未怀抱希望,

---

① 作于一八〇〇年,素体。华兹华斯生前未发表,其中第 959—1048 行放入了一八一四年出版的《远游》(*The Excursion*)的序中。一七九九年十二月二十日,华兹华斯与妹妹多萝西(即诗中的艾玛)穿过约克郡,来到格拉斯米尔(Grasmere)谷地的鸽居(Dove Cottage)。

那说不上心愿,只是个明快的念头,
只是幻想着或许属于别人的福分,
而那福分不可能是属于我的。

　　我当时所在之处一片轻软碧绿,
高敞但并不令人晕眩,俯视着
幽深的谷地,仰望着耸立的群山。
我在那里流连了许久,我甚至可以　　　　20
一直流连,把这当作一件要紧之事。
那一去处最宜于身体的休息,
丰茂的自然中应有的,无所不有,
但它引逗着灵魂。谁在那里眺望,
会不感觉到种种运动?我想起了
乘风而行的云,想起阵阵清风,
风或在水上嬉戏,或在如水般深的
长草和玉米地中无尽地追逐,
追逐在它们之上,追逐在它们之中,
一波又一波,片刻不曾止歇;　　　　　　30
我想起阳光,阴影,蝴蝶,群鸟,
还有天使和长着翅膀的精灵,
他们自在地统领着他们所见的一切。
我坐在那里眺望,灵魂被唤起,
仿佛觉得我也有这样的自由,
这样的力量和欢乐,只为能飞一般,
从田野到巉岩,从巉岩到田野,

从湖滨到小岛,从小岛到湖滨,
从开阔的所在,到隐蔽的所在,
从草地上的花丛,到一簇杂树之中,　　　　40
从高处到低处,又从低处到高处,
但总不离开这广大的山谷。这里
应是我的家,这山谷应是我的世界。

　　从那个时候起,于我而言,
这山谷长存于我的思绪之中,
就如同在我眼前一样美丽,是我
念念难忘的地方。当我欢乐时,
它常是更明亮的欢乐,当我悲哀时
——但我对悲哀所知甚少——当我
诚然算不得悲哀,但欢快的情绪　　　　50
有所消沉时,它恍如一线光芒。
如今我永远拥有了它:亲爱的谷地,
你那些朴素茅屋中有一间是我的家!

　　是的,人生的种种现实——这样冷酷,
这样怯懦,这样不惮于背叛,
在给出恩惠的时候这样吝啬——
我们如此论断,不能说是公道的。
现实对于我,比我所向往的还慷慨,
与我的渴望一样大胆,甚至更大胆。
它对我多么大胆,大胆而慷慨。　　　　60
而我本就是大胆的人,不缺少信任,

也不缺少决心,最后,也不缺少
对智慧的企盼,因为我觉得智慧存在。
　　难道需要如此的代价?难道
要求如此长期的自律?难道仿佛
需要勇气,而这件事本身仿佛是
某种征服?若果真这样,多么耻辱!
我说的不是少年或青年,而是说你,
贤达的人,你的力量如日中天,
你如盛开的花朵,你是人性的君王　　　　70
与冠冕。贤达的人,你的耻辱啊,
你的谨小慎微,你的经验,愿望,
忧惧,你应该为此而脸红。好在,
我是平安的,至少有一人是平安的。
那我曾经视为畏途的,如今,
这样顺利,轻松,没有障碍;从前,
在我盲人般的眼中曾被视为牺牲的,
如今,是我全心全意的选择;
从前,我把接受这样的馈赠,
看作屈尊俯就,或看作软弱地　　　　　80
沉溺于病态的幻想,如今它是我
理性的行动,是理性欣然的渴望。
这幽居属于我了:这遥远的一念
本在天上,如今我将它抓在了手中,
如今,这无主的欢乐找到了

一个主人——我就是那主人,
这幸福的主宰就在尘世之上,
就在我心。怎么能怪我言语之中
这样热忱,当我想起自己的拥有,
想起我身内身外真正的财富,我 90
如何不喜悦?我保有的,已得到的,
将得到的,必得到的——若一直以来,
我的信念不错,那就是,认真权衡,
在童年之时,我对自然的会心
不及现在,计算全部的得失,不论
曾失去什么,童年的我不及现在。
若问证据,请看这山谷,看那农舍,
我的艾玛就同我一起在那里居住。

当念及此,我的心脏,停止跳动吧,
凝神于这一点,让我呼吸的躯体 100
不再呼吸,让一切都因满足而静止。
如果这种静默不是对上帝的感恩,
为了他的馈赠,那么,这感恩
能够投向哪里?每当我的眼睛
驻留于一件可爱之物,每当我的心
在欢欣的思绪之中汲取着欢欣,
她——我现在拥有她,她与我共有
这可爱的家园——都在我身边,
或去我不远。不论我走向何方,

她的声音都如一只看不见的啼鸟。　　　　110
在我一切游踪中，在我现在过去的
一切沉思中，尤在这我最爱的沉思，
最是在我这一次的沉思之中，
每当想起她，就如看见一道亮光，
就如有隐身的伴侣，就如一阵气息，
一阵并非是随风而来的芳香。
自从人类诞生的那一天起，有谁，
还有更充足的理由说出自己的感谢？
如果音乐与歌声的力量更能表达
他的感恩，那么就请音乐与歌声　　　　120
来襄助他，让它们回响着他的喜悦。
这无上的幸福！我被赐予了
无边的恩泽。极乐伊甸园的树荫下，
也并不曾有这样的幸福，也不可能
有这样的幸福，我拥有了人们
渴求而不得的福祉，古老的愿望
得到满足，钟爱的幻想变成现实，
最高程度的满足与实现——还要更多。

　　群山，拥抱我，将我拥入你们怀中，
在这清朗澄明的白日，我感受到　　　　130
你们的庇护，我全心全意接受它，
那是一种类似于黑夜的庄严荫蔽。
但亲爱的山谷，我要说你是美丽的，

因为你诚然温和，美丽，欢愉，
你的脸上现出微笑，那微笑
虽然平和，却充满喜悦。你喜悦着，
喜悦于你的山崖，密林覆盖的陡坡，
你的湖，唯一的绿岛，曲折的湖滨，
那一座又一座小小的石山，山石
筑成的教堂，农舍，像散落的星， *140*
有的几个挨在一起，大多独自矗立，
隐隐约约地深藏在幽僻的去处，
或者向彼此投去愉快的目光，
仿佛云隔开的星辰。我们缺什么？
我们不是有长流的溪水，温暖的森林，
明媚的丘陵，清新葱郁的田野，
同样葱郁的高山，成群的牛羊，
鸟声啁啾的灌木林，庄严的鸟鸣——
从清晨到日暮，人们意外地，
会时不时地听到那一种鸟鸣， *150*
告诫那在下面行走的人，告诉他，
天空是多么空旷，多么寂静。
我们有这些，世上成千上万的角落
也有这些，但哪里能找到一种
仅存于此的感觉？哪里也不可能——
抑或，这是幻象？那感觉在这谷里，
它在我童年的时候融入我心中，

它日夜永存于这山谷，只存于此，
或者，它流入了一些特别的心灵，
他们无论走到哪里都将其携带。　　　　　　　*160*
但是，我无法为之命名，那是
一种庄严，美丽，安详的感觉，
是天与地相融合的一种神圣。
是它，使这唯一的一处地方，
这个许多人居住的小小地方，
成了终点，成了最后的退居之所，
成了中心（不论你从哪里来），
一个独立自足，没有缺陷的整体，
为自身而存在，因自身而欢愉，
无瑕疵的安宁，无缺憾的完整。　　　　　　　*170*
　　很久以前，我们重聚而永不分离，①
那时我和艾玛听到了彼此的呼唤，
又一次彼此相伴，就仿佛是
同一个鸟窝中被猎人惊散的
两只小鸟，它们无法独自过孤凄的
日子；是很久以前了，我们怀着
丰厚的回忆，更丰厚的希望，终于
踏着同一的脚步并肩而行，虽然

---

①　父母死后，幼小的华兹华斯与妹妹多萝西分开，一七九四年二人重聚，一七九五年后一直住在一起。

走在狭窄的路上。我们的家是甜美的,
岂会是别样?如果我们不得不搬迁,
那么我们的新家依然是甜美的;　　　　　　　　　*180*
然而,年轻的人虽然看似刚勇,
内心却脆弱胆怯,人生的命运
尚未明朗,所以那时我们依然
[第185—191行缺失]
我们将是自由的,既然我们执着于
以生命来培植灵性,培植真理。
我们将选择我们知晓的最高圣殿。
在做这一抉择时,对于她的心灵,
她那使万物变得高贵的内在力量,
我们深信不疑,而且是深知。
那不是某一瞬间的心血来潮,
那样的幻想难免轻率而虚飘,
而是我们觉得,应该去获取自己　　　　　　　　*200*
能够获取的助力;而我们知道,
在这里我们将得到非凡的助力,
独立的精神,和谐、平静的精神,
在这壮丽而自足的世界之中,
我们说,在整个自然中,唯独这里,
世界上再没有 [　] 更适于我们,①

---

① 此行有缺字。

——单纯的用心,强烈的爱,
抱负,但并不希求外物的褒奖,
而是希求着内心的褒奖——
那最高的抱负;在每日生活的 　　　　　210
种种细事中,感官将无时无刻
不愉悦地感受到和谐与优美,
而对于灵魂——我仿佛所言不多,
但同时也所言甚多——灵魂得到的
是一个形象,是永恒与上帝的所在。
　　我们的期待没有落空,直到今天,
现实不曾低于我们最崇高的希望。
那是荒凉的时节,动荡而荒凉,
当我们两人朝这里徒步走来,
穿过一阵阵阳光,一阵阵飞雪, 　　　　220
在漫长山谷中跋涉,多么长的山谷,
然而长路那么快就被抛在我们身后——
温思雷峡谷,赛德伯格的裸露高山。
霜风,仿佛为补偿它锐利的吹割,
推助我们的行程,向前吹送着我们,
仿佛我们是大海上的两条船。
自然的神色是严厉的;我们鼓舞于
那严厉的神色,因为我们的灵魂
从中感受到自己的力量。光秃秃的树,
冰冻的溪流,在我们经过时仿佛询问, 　　230

"你们从何处来?为何而来?"骤雨问,
"你们想要什么?荒野中的漫游者,
你们穿过我黑暗的国土,往何处去?"
而阳光说,"快乐吧。"一切都运动着,
我们前行时,它们在我们周围运动,
而我们在它们之中。当我们站在
鹿跳泉之旁,仿佛沉入一阵恍惚,
仿佛看见即将到来的更温和的一天,
一个比这世界更美丽的世界,
虽然那悲哀之地的往事令我们消沉, *240*
那只被追逐的鹿就在那里咽下
最后一口气,虽然这令我们神伤,
但我们还是振作了,那可畏的恍惚——
我们仿佛看到人类,哀痛的上帝,
受难的上帝,当他可怜的生灵
承受着本来不应承受的痛苦——
在那悲哀之中,在那喜悦之中,
我们看到一种希望,一种承诺:
我们这两个从俗世隐退的人,
将在我们的脚步正走向的那一个 *250*
神圣地方,在那一个小小的角落,
甚至这样早,甚至在这不幸的时代,
就能够获取到一小份的幸福,
而我们深深地相信,在未来,

爱与知识会把这样的幸福赐予
世上的所有山谷，赐予所有人。

　　在那可爱的一天，格拉斯米尔，
我们亲爱的山谷，接纳了我们，
至今寒月已圆过三次。那日的天空
明净庄严地向着我们，热忱欢迎我们，　　　　　*260*
引我们走向我们的门口，走向
家园中的家园，那里不久成了我们
爱恋中的爱恋。然后黑暗降临，
沉静的黑暗，无声携带着一切满足，
来到了那间躁动不安的小屋，
那间小屋仿佛不安于它自己，
仿佛对它的新住户感到惊奇。
它现在爱着我们，这美丽的谷地
开始爱我们！它用阴沉的风雨，
连续两个月不间断的狂风暴雨，　　　　　　*270*
考验着我们两人的心灵，它发现，
晦暗日子里，我们的忠诚不曾动摇。
它听到那诗人心怀喜悦，喃喃发出
最早的欢歌，森林与群山的静默中，
——有那么多牧羊人，那么多欢声，
而森林与群山是不变的静默——
还不曾听见这种快乐的声音。

　　　　　　　　　　　但是，

春天的门已经打开；粗暴的冬天，
允许春天在这个特别的日子里，
或许也在未来很多宜人的日子里， 280
款待来客，使之欢欣。他们欢欣，
然而最欢欣的是春水上的那些鸟，
它们听到了温和的召唤。冬天时，
它们曾深居简出，曾消沉了那么久，
似乎消沉那么久，这一天却可以狂喜。
它们不掩欢乐，我不也应如此？
我虽是欢乐者中更欢乐的，却不能
像它们那样占有天空，凭直觉冲动
而上升，盘旋，与无数鸟同在
强大的鸟群，它们的轨迹和运动， 290
是壮丽的和谐，壮丽的舞蹈。
请看吧，看它们如何一圈又一圈，
勾勒着它们的路线，一圈又一圈，
总在湖的上方——那是它们选定的
属于它们的所在——它们恣意往复着，
在湖面的上空盘旋，一次又一次
重新画出一个巨大的圆形，
高高低低，千百个弧形和小圆圈，
前前后后，繁复的运动轨迹，仿佛
所有鸟共有一个灵魂，支配它们 300
不知疲倦地飞翔。飞翔结束了，

有十几次我以为它们的飞翔结束了，
可是，看，那消失的鸟群再次攀升，
再听吧，我听到了它们翅膀的拍动，
最初细微，然后一个热切的声响
倏地过去，重新又变得细微。
它们逗引阳光在它们的翅膀间嬉戏，
它们逗引着水和闪烁的残冰，
映照出美丽的姿影——是它们自己，
它们美丽的姿影，在闪烁的湖面上； 310
那姿影更柔和，美丽，当它们下降，
几乎要触及湖面，然后又高高升起，
向天空劲飞，迅疾如同电光，
仿佛它们蔑视落脚之处，蔑视休息。
春天！今日是属于你的，欢乐吧！
阳光与和暖的空气不只赠予我一人，
我这对未来充满了憧憬的人，
这些盘旋的鸟也一定心怀感激。
美好的春天！恋爱中合唱的那些鸟，
绿叶间嬉戏的那些鸟——你的亲眷， 320
也未必及得上这些鸟那般欢乐。

　　然而有两只鸟却不在，两只鸟，一对
孤独的乳白色天鹅。它们为何不在？
尤其是它们，为何不在这里，
分享今日的欢愉？它们从远方来，

就像艾玛和我一样，到这里，
一起过与世无争的平静日子，
它们有整个世界可以选择，然而
选择了这谷地。我们曾日日看见，
在那两个月无情的风雨之中， 330
它们在湖中央那样醒目，那里
是它们安全的幽居。我们熟悉它们，
我猜整个谷地的人都认得它们，但
也许你难以相信，我们更珍重它们，
不只因为它们美丽，因为它们
平静安宁的生活，它们形影不离的
忠贞的爱，不只是因为这些，
更因为它们与我们是这样相像，
它们也选择了这同一个所在，
它们来自他乡，正如我们来自他乡， 340
它们是一对，正如与世隔绝的我们。
它们不该离开的。多少天以来，
我一直寻找着它们，然而一无所获，
未见它们飞翔，或出现在那一小片
无冰的蔚蓝水面——它们曾经的住处，
它们在那里比翼度过许多平静日子。
我们的伴侣，兄弟，圣洁的朋友，
我们能否看到它们在新的一年里
仍活着，它们为我们，我们为它们，

它们永不分开，如同我们——唉，   *350*
或许怀抱这样的希望已经太迟，
或许，某个牧羊人已被激起欲望，
已经拿起了他致命的猎枪，
拆开了它们，而为了他在家中
所爱的人，为了在山顶上的羔羊，
他本该放过它们；或许它们已死去，
一起死去，那对它们不失为恩赐。

  当我这样想的时候，我眺望着
这得天独厚的谷地，仿佛对它不公，
仿佛它给予我如此纯洁的信任，   *360*
我却想象出这样凉薄的回报。
如果我愿意追随我眼前的万物
引导我所去的方向，追随着
那掌管着这里的精灵的声音
引我去的方向，那么我应对自己说：
居住在这神圣之所在的人们，
自身必定也是圣洁的。他们
不需要一个陌生人口中的祝福，
因为他们已得到祝福；没有人
见面会对他们说，"愿安宁与你同在"，   *370*
因为他们已拥有安宁，必定如此，
以及悲悯，克制——不，不是这些，
他们并不需要这些；这些的职司，

他们会用爱做到，还有仁慈，
无与伦比的仁慈——满溢的爱，
不只对人，也对于他们周围的一切，
他们应该是爱着我们在这一个
快乐的山谷中所看到的一切。
　　我们就这样安慰自己。当那念头
过去时，我们并不责备它曾经到来。　　　　　　　　　*380*
如果我在一条欢快的溪中顺流而下，
现在已登岸，我的漂流已终止，
那么我会责备自己吗？不会的，
溪水仍在流淌，将永不停歇地流淌，
我将再次顺着它，从流漂荡。
在这样的遗忘之后，言语无法说出
灵魂变得多美丽。那么我们问候你，
问候你那恍如可见的神圣精魂，
问候你愉快的谷地，你美丽的家园！
我们问候那些外在形态中，能扶助　　　　　　　　　*390*
我们内心的一切，它们使我们纯洁，
将我们提升，给我们和谐与安慰，
让我们忘我，在愉快的休息中
短暂地迷惑并且包裹住我们，
带引我们，让我们在心满意足中，
无欲无求，默想着绝对的完美，
仿佛在平和的梦里般得到喜悦。

但我们并非被柔脆的心灵误引，
我们并非惧怕真实，或无视真实，
才来到这里，浪漫地奢望着 　　　　　　　　*400*
在如许多的可爱之中能找到爱，
完美的爱，奢望着人如其地，
奢望着在这如此崇高的所在，
居民必定有同样崇高的心灵。
我在今天所感受到的欢喜之中，
没有一丝是出于这样的奢望，
或者任何类似的念头。的确，
我在漫步中常听到一个可畏的声音，
从山中，或从群山环抱的旷野传来，
一声声叫喊，反反复复的呼喊， 　　　　　　*410*
正如一只鸟喜欢对自己的叫声
做出回应，或是如一只猎犬，
在孤寂的森林里独自追逐着猎物。
那是人的声音，在苍茫的暮色中
多么可畏，那时天空已暗下来，
大地还没有黑暗，但也没有光明，
而被雪光映照着，周遭风在呼啸，
还有羊一阵阵的叫声，它们听到了
呼唤，正聚拢来，等待着食物——
那声音，那不变的同一种声音， 　　　　　　*420*
它就如同风的声音一样可畏，

那是群山听到过的最可畏的声音。

　　那牧羊人的声音传到我耳中时，
或许已贬低了价值，已被污渎，
它成了传递肮脏的言语，亵渎神灵，
还有暴怒等种种声音的工具，
那是醉酒激起的无端的殴斗。
我到此地并非梦想波澜不惊的生活，
纯洁无瑕的民风。我在山中出生，
也在山中长大，并不缺少一架天平，　　　　430
来调节我的希望。我因善而喜悦，
但恶并不会令我厌恶地畏缩，也不
过分地带来痛苦。我指望看到人，
人类当中的那常见的一分子，
与别处的人并没有太大分别，
也有自私，嫉妒，复仇，也有
恶意的邻里——这固然令人叹惋——
也有阿谀，欺骗，纷争和冤屈。

　　但是在这里，劳动的人保持着
一种红润的气色，他只服务于　　　　　　440
自己居住的家或者广阔的土地，
他是自由民，因而是健全的，
这难道不是某种优越？莫大的优越。
这里看不到极度的穷困，看不到
饥寒的哀哀惨状，而那对身体

和天赋的心灵，都会带来致命伤害。
这里匮乏的人，对能救济匮乏的人，
并非沉重的负担。这里的人心
可以吸入同类们苦难的空气，
而并不感恐惧，仿佛那是一阵清风，　　　　　*450*
是适宜于人心的气息。人们的手，
随时准备着帮助他人，没有因为
慈善之举过于频繁，为力所不及，
由于怠惰、冷漠或绝望而变得厌倦。
峻高的山减弱了大风的威力，
我们如同隐藏在这幽谷之中，多少
避过了风暴的侵袭，同样，这里
也有一种力量，一种对心灵的庇护。
这些也被赋予其他类似的幽僻所在，
也像这样得到了高贵特权的所在，　　　　　*460*
如果那里的人们也这样有独立财产，
如果在那里，耕种土地的人，
也是那土地的主人，也走在
父辈走过的山上——他多么幸福！
因为这些，也因为本地其他的原因，
同那卑下而庸常的世界相比，
在这群山环抱的山谷，许多古老的
可贵品德，仍保持着更坚实的底色。
　　那边的茅屋，如果它能讲述自己的

一些往事！千千万万的人会愿意听， 470
会一边听，一边深深脸红。在那里，
几年之前，在这山谷——他的本乡，
住着一个男子，他拥有一小块土地，
是一个言谈举止都温润的人，
也是"学问家"（本地的方言如此），
因为他从自己能看到的几本书中，
汲取了很多乐趣，由于这原因，
也愈加得到谷地邻居们的尊敬。
他放牧着羊群，也耕种农田，
做起事来勤勤恳恳，体格强健， 480
有一颗公正而又平和的心。
他和妻儿就这样度日，家中
很少发生琐碎的纷争，岁月里
也并不曾遭遇到严重的不幸。
他们长期所过的那种生活，
最智慧纯洁的人见了也会心满意足。
然而在他的身上，在他周围，
有一些缺陷，一点一点侵蚀着
他的幸福。他的妻子很活泼，
敏捷而轻快，在这谷地之中， 490
没有一个人能比她更加勤劳；
然而她的勤劳，据人们说，更偏于
夺目的洁净，偏于使家中看起来

过度地整齐，过度地一尘不染，
而不是偏于踏实的节俭。而他，
胸怀大度，不拘于小节，有时
也不免粗疏。这样，随着时间流驶，
由于这两人的弱点，也许还有
其他不易察觉的缘由，他们的家道
开始衰落，他们的心境也开始消沉。 500
对一个多思的人，这消沉是难免的，
也无法治愈。他们家中住着一个
妙龄的少女，为他们服务的少女。
唉，他现在既无法得到平和的欢乐，
就转而追寻躁动不宁的欢乐，他
成了那女子无资格的追求者，而她
也有辱自己，委身于他。不幸的人！
他在脆弱中所做的事，回想起来，
给他带来莫大的痛苦，他被刺痛，
被自己内心的焦思，被妻子 510
和孩子的微笑，深深地刺痛。
依照他秉性的驱使，他不可能
从酗酒者的醉闹中寻求解脱，
也不会靠独自醉饮来麻痹自己。
他是个有理性的人，然而饱受折磨，
他自成一世界，那里却无立足之地。
他在家中苦恼，在外也得不到安宁。

他在山野中游荡,睡在土地上,
向浩荡的空气寻求安慰,然而,
他在夜晚的黑暗中找不到平静, *520*
在白日的壮丽中也找不到欢乐。
他冷落了羊群;父辈给他的土地,
对他如同累赘。他的灵魂渴望飞走,
但飞向哪里?远处那雅洁的教堂,
看起来仿佛充满祥和,希望
与爱,她是这一个谷地的慈母,
在她那些茅屋之中,她显得多么美!
但她于他却是一种病痛,一种责备。
我从我所知的一点消息做这些猜度,
大部分情形直到最后都无人知晓, *530*
但他必定是死于自己的悲哀,
他的羞惭是他无力承担的重负。

　　那条山岭从高山一侧伸出,像手臂,
把它的岩石和树林伸入平川。
岭上隐着间农舍,里面住着个男子,
他的妻子多年前就已经过世,
给他留下了一群无助的孩子,
他成了孩子们唯一的依靠。
我的这些话听来仿佛是序曲,
将要引出一个低沉伤痛的故事。 *540*
但尽管在伤痛之中,我却仿佛

感受不到伤痛,当我回想起
我在那快乐的一家人中目睹的情景。
六个可爱的女儿,如同父亲额头
亮丽的花环,她们都还是花蕾,
当中还没有哪一朵已经盛开。
到那农舍去吧,你将得到明证:
上帝取走,却仿佛并未取走他
所取走之物的一半,或又将其归还,
不依我们的祈祷,而是远超出祈祷;   550
他给予,那是"希望"不曾浇灌的土壤
生出的幸福花果。你看到一座房屋,
从稍远的距离打量起来的话,
似乎与其他的房屋并无分别,
也像它们一样,仿佛是从岩石中
生长出来的;但是你再走近几步,
就会发现它的外观并不像大多数
粗朴的山居那么沉重,严肃。
那些山居将自己完全交付给自然,
未必有情的自然,而这房子却由于   560
许多爱幻想的心,许多双手的辛勤,
变成了游戏的所在,骄傲的所在。
这一小块地方,纵使在冬日肃杀中,
也保持着别样的面貌与神采。
他们有茉莉花,在门廊之上,

他们粗壮的蔷薇很快要高及屋檐。
园子的围墙顶上,这里那里放置了
一块块石头,排成醒目的行列,
形状和颜色都特别,有的是球形,
从溪中搬来,被溪水冲得浑圆光滑, *570*
有的则亮闪闪如同晶状的矿石,
棱角分明,它们原本散落在山里。
墙头的这些饰物主要得归功于
一个勇敢的女孩,她惯于翻山越岭,
那是她自己的选择,她不畏寒风。
她陪伴着父亲,无论他在放牧途中
走到哪里,她都在他身旁,为他做
男孩做的事,却带着更强烈的快乐,
更骄傲的勇敢。但是,在花园中,
她也和姐妹们一样有一小块花坛, *580*
种着她自己的花,她最爱的香草,
凭神圣的特许,那小花坛专属于她。
我猜,她也帮着开辟了那块小园地,
有一天,我碰巧发现了它,就在
树木丛生的山岩之间,农舍之上的
山岩之间。那是一小条平整的土地,
栽种了一丛丛醋栗树,在其中
一丛醋栗那生长着芒刺的正中央,
放着人手所编织的一个鸟巢,

那样醒目,由于草缠绕而成; 590
一株古朴的冷杉在园中高高挺立。
然而这农舍最吸引我的,莫过于
暗夜之时。在夜色的隐蔽下,
我会停下脚步,顾不得礼节,
——人人都不禁如此,难道不是吗?——
我透过明亮的窗子,偷偷地
贪婪注视着屋中人们的情景。
我看到,大女儿在纺车旁边
用力地纺着线,仿佛要追赶——
她也不知道要追赶什么——或者是 600
要把她在自己还年幼的时候,
就从父亲那可敬的手中学到的
这本领,还有家中的其他本领,
教给某一个还不谙劳作的妹妹。
父亲温和稳重,但她们是活泼的,
整个屋中洋溢着活泼的气息。

　　涌着泡沫的溪边有块孤立的灰岩,
从那岩石向上,你可以看到,
在不到半山腰的地方,现出
一小块深色,那是片小小的冷杉林, 610
看起来比实际的更小。树林之下,
住着一个女人,她告诉我,这树林,
是他们的大儿子出生后六星期,

她与她的丈夫共同栽种下的,
为的是在风雪时节,他们的羊群
能有一个避风的地方。她说,
"羊群熟悉那里,因为在大雪的日子,
我们会把它们的食物送到那儿去。"
接着,她循着心中的美好思绪,
开始说起死去的丈夫。难道没有 *620*
一种艺术,音乐,一条词语之河,
同时也是生命,是公认的生命之声,
它能说起乡野间的诸事,实际发生
或感受到的诸事,有关切实的善,
真正的恶,然而总不改其美好,
比吹奏牧歌幻想的最悦耳的风管,
比风管无忧无虑的曲调,包含着
更多感谢,也更加和谐?有没有
这样的河,清净纯洁,从心底流出,
流动中带着真正的尊严与风致? *630*
还是只能向人迹不到之处寻找这些?
我想,我可以用动听的诗行,
复述我从那老妇人口中所听到的,
我的诗行可以如那空旷的冷杉林里
最柔和的清风,我可以保存那树林
人之历史的一部分,我可以说起,
在看到那树林时流下的泪水,

说起这对夫妇之间动人的交谈，
——他们在婚姻的盛年，共同用手
栽下这树林，树林现在枝繁叶茂，   *640*
而他们已不再繁茂，他去世了，
她则在孤独中枯萎。就让这诗题
超出我的诗艺之上吧，沉默的心
也自有它的珍宝。我想着这些，
爱我见到的景象，向人类致以敬意。

    不，我的艾玛，我们并不孤独。
我们站在这里并非错误，并非荒凉，
我们并非爱着只有我们才爱的事物。
我们并非在这壮美山谷的平川
与岩石中，它巍巍的高山上，徒然   *650*
播散我们的善意，而这善意的对象，
并不惯于收受情感之礼物，几星期前，
它们还孤凄无欢，若我们不在这里，
它们将再一次变得孤凄无欢——
完全不是这样的。我们并不是
守护着一盏灯，它的光只照见我们，
它只依赖我们；它的火焰虽然明亮，
却是会死的，也正在一刻一刻死去。
无论我们看向哪里，都已有人心
在我们之前做出了自己的祭献。   *660*
这些小牧场上，没有一株孤立的树，

不曾引发某个人的思索,也许,
对某个人,某株树如同亲切的友人。
欢乐蔓延,悲伤蔓延。这整个谷地,
虽然只是粗朴的牧羊人的家园,
却充满情感,如同充满一束束阳光,
充满阴影,清风,香味,声响。
这些情感,尽管与我们自己的相比,
要更加服从于每日三餐之所需,
它们的精神与形态,更来自于　　　　　　　　　670
与自身有关的利害,但不要以为,
它们是卑贱的,是不洁的——不,
它们提升了人动物般的存在,它们
凭自然仁慈的襄助,不竭的襄助,
将自私提纯——尽管它们源于自私——
并以爱的力量,救赎了本来与它们
相纠缠的个体的焦虑。这些情感
很多是纯洁的,其精华是纯洁的;
那精华——记住,精华在在皆是——
宜于与〔　　　　〕欢乐为伴,① 　　　　　　680
最高贵最纯洁的心灵之欢乐。
它们可与这种欢乐水乳交融,同时,
它们恬然呼吸着自己不死的生命,

---

① 此行有缺字。

尽管那种生命卑微而又无名，
它们经由这山谷——它们的圣地
（我愿这山谷永不受染污）——
传布着健康，传布着冷静的喜悦，
把它们小小的礼物，赋予每一个
流逝的时刻，带来令人鼓舞的心绪，
使劳动变得欢乐，使劳动仿佛　　　　　　　　*690*
并非强加于人们身上的负担，
而是人天生就愿为之的乐事。

　　尽管我来到这里还不久，但对此，
我已看到了明证。这里的内在品格
正日渐打开，虽然是缓慢地打开。
我乐意于目睹到这样的景象，
当它或在这里，或在那里展开，
如同行路的旅人，当他的道路
穿过某个他从未走过的地方，比如
这美丽的山谷，当低垂的雾霭　　　　　　　　*700*
开始消散，开始慢慢地退去，
他多么欣喜地听到潺潺的溪水，
那不知来自何方的种种声音；
无论他走向哪里，在他周围，
总有些什么隐在他视线之外，
而到处也总有他能分辨的事物，
或隐约，或清晰，仿佛失而复得，

忽而是前进，忽而是滞碍，但总之，
他的视野正在逐渐变得开阔。

  我现在拥有的就是这样一种欢乐。   710
但如果我的愉快不及那旅人，
如果我不愿见到之物，有时也会
意外出现在我眼前，我只得向它们
投去痛苦的一瞥，那又怎样？我的心
不会因此消沉，也不对未来感到恐惧，
而是坚信每一次的注视都丰富了我，
我所见的越多，我的快乐也越多。
真实是她自身存在的理由，如果她
与"希望"共居，谁不愿追随她的指引？

  让我也不要忽略别的一些爱，   720
那不含恐惧的，那更卑微的同情，
它们让我亲近这崇高的退居之所中
存在的那一种静谧。在我的心上，
已经开始刻写对那一匹灰色的
小马的喜爱，它总是驮着那个
瘫痪的男子；我认识那头毛驴，
采石场上受伤的跛脚人骑着它来去。
我熟知了它们和它们的习性。
那头牧羊犬在整个山谷中声名赫赫，
它于我而言还陌生，但很快将   730
不再陌生。还有那个盲人的导盲犬，

它温顺，无人注意，默默无闻。
有谁在某个地方度过了一冬天，
在农舍的屋宇下度过了一冬天，
而没有他的知更鸟，他的鹪鹩？
这两种小鸟我都有；春天的时候，
我还会有我的画眉和一百多种啼鸟。
如果，那已经流亡的一对鹰，
一对赫尔维伦①鹰，回到它们的故巢，
我会看到它们，当它们在云间翱翔，　　　　　　740
我会说，我与那两只鹰相识。
那只猫头鹰——枭崖之名就由它而来——
我已经听到了它的呼叫，不久，
它将成为我关注的对象。看，
那边田野中的小母牛，它的女主人
深深地爱着它，精心喂养它，
在她说到自己养的这头牛时，
我听她无意用过一两个词，那种词
本用于家人，透露了母亲般的爱意，
而她自己就是母亲；幸福的小牛——　　　　　750
如果人声的爱抚能够使它幸福，
如果人手的照料能够使它幸福。
　　还有你们，在自然的眷顾下同样幸福，

---

① 赫尔维伦（Helvellyn）：一座高山，在格拉斯米尔东北。

对我，对所有人，你们都是陌生的，
至少你们不懂得任何具体的友善，
一切因相识，因爱而来的交往，
这种交往把个别者从其同类中区分。
不论你们庞大的鸟群是年复一年，
保持着一个固定不变的居所，
不避人的房屋，抑或你们来自远处， 760
你们这些四面八方的野鸟，仿佛是
风送来的礼物，在你们乐意的时候，
风又会将你们从我们身边吹走——
但是，并不因你们看似无足轻重，
于是在我的依恋与爱慕之中，
就没有你们的一席之地。就在方才，
我以怎样的喜悦凝望着那群鸟
在天空盘旋，现在我看到它们
休息在明镜般的湖面上，却非休息。
它们闲不下来。它们像幼兽般嬉戏， 770
像羔羊般活泼，它们忍不住欢乐，
尝试着各种玩耍，鼓翼，下潜，
用它们的翅膀击打着沉滞的水面。
它们离得太远，无法看清，但你瞧！
那些小喷泉，太阳下闪光的喷泉，
显露了它们的动作，水花溅起，
先是一个银色水花，接着又一个，

当这只那只鸟忽然快乐难抑；
喷泉，水花，如同孩子玩的焰火，
节日的夜晚，在淘气的男孩们脚下， 780
就是那样的焰火咝咝地响着。
这一座剧场的空间多么辽远，
然而触目无不是可爱的华美，
静默的宏丽。在白桦树林中，
垂着，悬挂着数不清的钻石，
那是霜融化而成，赤裸的枝干上，
每个小节疤，每个要发芽之处，
都凝着坚硬的珍珠；一棵树
已经叫人眼花缭乱，而远处那树林，
那一直生长到峰顶上的树林， 790
仿佛是用银光筑成的一座山。
看那边同样壮丽的景象，然后，
再看整个天地的倒影，在深水中，
在下面那如此深邃的湖水之中。
渡鸦预感到即将到来的爱的时光，
它鸣叫着，让充满阳光的空气，
也充满了一种奇异的和谐声响。
尽管在湖面上嬉戏的那群鸟
仿佛不知道什么叫作休息，
尽管它们的举动如同狂欢者， 800
然而在它们之中，在它们周围，

却有着一种静谧；它们仿佛
在平静的所在，做着平静的游戏。
由它们喜悦吧。我想到即将到来的
一年：无数怒放的山花，将在湖边
摇曳的百合，而我如何能一一列举？

　　那么请大胆地说，有这些地方，
不会有孤独。只有那种人是孤独的，
他身在人群，眼睛却注定要与
他不能理解也不能去爱的事物，　　　　　　　810
日复一日地空洞往还，一些死物，
对他是加倍地死了，甚至更糟，
他面对着芸芸生命，最糟的是，
他面对人，他的同类，他们于他，
仿佛是森林中的隐士周围悬挂的
无数片叶子——还远不如那些叶子，
它们还能安慰，庇护，还能使人
悠然入眠，给人喜悦。这里不孤独，
这才是真正的族群，是杂多
聚合而成的最高贵的一体，这才是　　　　820
我们在此应追寻的。同一个家园，
在父亲上帝之下，林林总总的品类，
同一个家族，同一座巍巍广厦，
仿佛一个幽洞般与尘世隔绝，
专属于那众多的人，众多的鸟兽，

他们是这个隐蔽所在的主人,不受
侵扰的主人,这里是他们的立法厅,
是他们的圣殿,他们的华居。

  那么,放弃一切牧歌式的梦幻吧,
那些关于黄金时代的黄金色幻想,   *830*
那些朦胧的思绪排成耀眼的行列,
它们来自一切世代前的世代,或者,
只有当时间不存在,它们才会存在。
当我们的眼睛注视着可爱之物,
希望摆脱喧嚣尘世的种种记忆,
那华丽的队列就会被唤起,将被唤起。
让冷静的真理进来。让我们承认,
大自然对我们最钟爱的这一处地方,
并没有豁免,而是将它可畏的权利
执行到最极端,并且要求着   *840*
不可避免的痛苦,作为对她的献祭,
此外,还要加上人总是不停地
施于自身之上的痛苦。但是,
有一个希望,冲淡了这一切,
这一个希望已经足够,何须更多?
那就是,我们不会因周围的生活中
缺乏快乐而萎靡憔悴,也不会缺乏
让难以满足的心灵维持健康的一切;
值得我们了解,值得我们去爱的,

比比皆是。当我们这样感觉的时候，   *850*
这辽阔天空，与天空相对的这深谷，
显得多么美，多么壮丽，多么纯洁，
无可挑剔，这样的深谷包围着我们，
这样的天空穹窿于我们头上，在此，
我们可以安然呼吸；我们也将看到
——若他们神志清明，我们也理应如此，
如果我们恰当地观察，公正地判断——
这里的人没有辱没他们的家园，
居住者没有辱没他们的居所。
　　　　　　　　纵使
不是如此，我们自己也有足够力量， *860*
让现在的每一天都充满欢乐，
并把希望铺展到未来的岁月。
我们美丽而又宁静的家园，
我们深爱的一个来客①已充实了它，
一个从我父亲家中走出的来客，
一个不知道休息的海上朝圣者，
他终于在我们的屋檐下觅得了一段
心满意足的时光。我们爱的其他人，
也会来寻找我们，我们心灵的姊妹，

---

① 指华兹华斯的弟弟约翰·华兹华斯（John Wordsworth）。

还有像她们一样,我们心灵的兄弟,①   *870*
既是哲人,又是诗人,在他的眼中,
这些山将掩不住自己的欢容。
这就是我们的财富。宁静的山谷啊,
上帝保佑我们是也必是欢乐的一群。
    然而我们活着并非只为了享乐,
不是这样,我们还必须有所作为。
我不能走在这狭窄的天地间,
无忧无虑,听不到指责的声音,
不承担对未来的义务,万事不挂怀。
人人都有其责任,有的低微而平凡,   *880*
然而若努力去实现,就都是值得的,
这是一种承认,承认得到了礼物,
才会使收获与种子相称,相符。
我将远离轻率的野心和自傲,
但是,我感觉到在我的身上,
有一种上天惠赐的内在之光,
一定不能让它消亡,不能让它逝去。
为什么这内在之光对于外在的友谊,
这样热烈渴求,快乐地融入?为何
我深爱的人在我周围这样熠熠生辉?   *890*
我敬重的人们为何教导着我?

---

① 指华兹华斯未来的妻子玛丽·哈金森(Mary Hutchinson)和她的姊妹们,以及柯勒律治。

奇怪的问题，它无法自己作答。
掩映在杂树中的这朴素的房屋，
它宁静的火炉边，这些都是幸福的，
然而即便从它们身上，也无法找到
满意的答案，一劳永逸的答案。
我拥有只属于我一人的禀赋，
内在于我的，还未被任何人分享，
哪怕离我最近的人，我最亲爱的人；
只有用力量、辛劳，才能传达它。　　　　900
我要传达它。我要将它远远地播撒，
让它在未来的世界里得以不朽。
我将不会在此生中完全消亡，
躺下去，掩埋在尘土中，被遗忘，
我与我生活中那些平凡的伙伴，
在死亡中组成默默无声的一群。
不会如此！——如果得到神灵传授的我，
能有此特权，说出我感受到的，
说出人身上何为人的，何为神的。
　　当我还是个天真未凿的孩子，　　910
我固然不乏心境温柔的时候，
但我更清楚地记得，我仿佛生活在
热切的渴望中，盲目的追寻中，
生活在狂野直觉的律动之中，
它们使我快乐，使我兴奋。那时，

我最欢迎的，最难以抗拒的诱惑，
莫过于促使我做出大胆之举的冲动。
深潭，高树，漆黑的峡谷，悬崖，
我爱凝视它们，伫立着阅读它们
可畏的面容，阅读然而违抗它们，　　　　920
有时以行动，总以心念，违抗它们。
我带着几乎不亚于此的冲动，
倾听人们讲述遭遇的危险，或者
勇敢追求到的危险，一个人的壮举，
一个孤独地坚守自己信念的人，
或者几个刚毅的人，为赢取荣光，
面对无数的敌人，无数的刀枪。
直到今天，同样的渴望仍令我激动。
就在此时，我只要读到一个故事，
说起两条勇猛的战船殊死搏斗，　　　　930
一直搏斗至死，我都忍不仕欣喜，
一个智慧的人本不该如此；我渴望，
我燃烧，我斗争，灵魂如身临其境。
但自然驯服了我，它引我去寻觅
别样的躁动，或者让我平和。
它对我如同对待一条湍急的溪水，
那是群山养育的孩子，在它熟知了
自己的力量，熟知胜利和喜悦之后，
在它不顾一切地奔腾欢跃之后，

自然引着它从平静的草地上流过。 940
自然悄然实现的，也得到了理性认可。
理性以她深思的声音对我说道，
"做温和的人，爱一切温和之物，
愿你的光荣在此，你的幸福在此。
但不必担心你会缺少往日的雄心
（尽管你向我倾吐了你的忧惧）——
需与之搏斗的敌人，需赢取的胜利，
需跨越的界限，需探索的黑暗。
曾点燃了你幼小心灵的那些，
爱，渴望，蔑视，无畏的追寻， 950
它们仍在，虽然其职司有所更改，
它们都将存活，它们不会死去。"
那么，别了，勇士的壮举，别了，
我曾经长久地怀抱的那个梦想——
用缪斯的呼吸，吹响英雄的号角！
但在这平静谷地中，我们将不会
无声度日，虽然我们爱平和的心境。
一个声音将开口，他将说什么主题？

关于人，关于自然，关于人的生活，
当我独自思索这些时，我常常感到， 960
有美好的激情如同音乐一般，
从我的灵魂中穿过。只要我能够，
关于它们，我将吟出丰沛的诗篇，

我将歌唱真，壮观，美，爱，希望——
对此世的希望，对坟墓彼岸的希望——
我将歌唱美德，智慧的力量，
艰难困苦之中那些珍贵的安慰，
流布在最广大人群中的欢乐，还有
个人的心灵——它固守自己的领地，
不受侵犯，与无限的存在共存，   *970*
与那一个伟大的生命共存。我歌唱，
愿我觅得知音，纵只有寥寥几人。

  "觅得知音，纵只有寥寥几人"——
至圣的诗人曾这样祈祷。乌拉尼雅①，
我需要你的指引，或更伟大的缪斯，
如有这样的缪斯降落凡间或在高天，
因我将行走在幽暗之所，深深下沉，
高远地飞升，在重重世界里呼吸，
天上的天②不过是那些世界的帷幕。
一切伟力，震恐，单独的或结伴的，   *980*
一切曾经被以人的形貌呈现过的——
带着雷电的耶和华，成群的
呼喊的天使，浩宇中的宝座——

---

 ① "觅得知音，纵只有寥寥几人"，引自弥尔顿《失乐园》第七卷第 31 行。在该卷，弥尔顿呼请众缪斯中的乌拉尼雅（Urania）。
 ② 《圣经》中有"天上的天"的说法，在《创世记》28:12、《申命记》10:14、《列王记上》8:27 中出现过，为天使和上帝居住的所在。

这些不是我的范围,也不使我惊惧。
而常常,当我们凝视我们的心灵,
凝视人心,我们常感到如此敬畏,
最深地狱的最暗渊潭,混沌,深夜,
或借助于梦境挖掘出的〔 〕虚空,①
也不会令人如此敬畏——人的心灵,
这是我要流连之处,我歌唱的疆土。   *990*
美,她存在的家园就是这碧绿世间,
她超越了最赏心悦目的理想形式
(那是纤巧的精灵用世间的材料织成),
她静候我的脚步,无论我到哪里,
都先扎营在哪里,与我形影不离。
当人心通过爱,那婚姻般的纽带,
与心外的万物相接,就会发现,
乐园,净土的树林,幸运的岛屿,
传说之中古代深海里的碧野,
岂是过往的历史,岂是空梦,   *1000*
当它们从平凡的一天中即可生成?
在那遥远的欢喜时刻到来之前,
我将独自歌唱这伟大婚姻的
婚礼之歌,我要大声说出的,
无非我们是什么,我要大声说出,

---

① 此行有缺字。

个人的心灵与外部世界契合得
多么巧妙（也许整个人类前进的力量，
也同样与外部世界如此契合）；
而同时，外部世界是怎样地
契合于心灵，契合得多么巧妙，　　　　　　　1010
对此几乎还不曾有什么人表达过。
我将说出这内外的力量结合，将有
怎样的创造（唯有高贵的"创造"之名，
才当得起它）。这就是我的宏大主题。
在这样的〔　〕前提下，如果我时常①
不得不转向别的方向，行走在
各色人群旁，目睹痛苦的情景，看到
人们各从怒火中爆发的掠夺的激情，
如果我不得不听到田野里，树林里，
有人孤独地哀号，不得不忧心忡忡，　　　　　1020
俯瞰着永远禁锢在城市高墙之内，
那由无数阵风汇合在一起而成的
忧伤的风暴——愿这些声响有它们
真正的解释，愿我即便听到它们，
也不会变得冷漠，变得凄惶！来吧，
你洞见未来的精灵，你人的灵魂，
你这广袤大地上的人的灵魂，

---

① 此行有缺字。

你在雄伟诗人的心上，建筑你
广大辖区的圣殿：请赐我你的指引，
请教导我，如何辨认和区分　　　　　　　　　　*1030*
本质与偶然，何为恒定，何为飘忽，
赐予我的诗以活的生命，甚至未来，
让我的诗如同挂在天上的一盏灯，
给人类带来些光亮。如果我在其中
融入了更低微的内容，如果我除了
描绘被静观之物，还描绘了静观的
人心与人，说了他是谁，是怎样的，
那目睹了这不寻常景象的短促生命，
他生活在何时何地，他如何生活，
他的欢喜，苦恼，希望，畏惧，　　　　　　　　*1040*
还有他一生中的种种琐屑之事，
但愿我并非徒劳。如果这样的主题
与最高之物〔　〕，那么，伟大的上帝——①
你是呼吸和存在，是道路和向导，
是力量和理解——愿我的生活能表达
更美好时代的形象，更明智的渴望，
更淳朴的风俗；在真正的自由中
滋养我心；愿一切纯洁心念与我同在，
愿它们一直到最后都将我支撑！

---

① 此行有缺字。

乡间建筑 ①

乔治·费希,查理·弗莱明,里吉纳德·肖,
三个学童,脸红扑扑的,一个最高,
也还比教导老师的大包要矮几分。
他们喜欢爬到大浩山 ② 的顶上,
在那里,不用石灰也不用砂浆,
他们在悬崖最高处垒筑了一个人。

他们用各处搬来的石头将他垒筑,
一天就筑好了他,并起了名字。
那人顽童般生气勃勃,跃跃欲动,
他们叫他拉尔夫·琼斯,不假思索, 10
拉尔夫胳膊长腿长,声名远播,
是莱博斯威特 ③ 谷地里的巨人。

---

① 作于一八〇〇年,每段韵脚格式为 aabccb。
② 大浩山(Great How):湖区的一座山。
③ 莱博斯威特(Legberthwaite):也写作 Legburthwaite,坎伯兰一村庄。

就在三四天之后有大风刮起,
来自北方,也不知是怒是喜。
呼啸的风声是那样喧闹猛烈,
把那个巨人卷下了悬崖之巅。
这些学童们怎么办?第二天,
他们去山顶上,又造起来一个。

我见过些盲目喧嚣的建筑,在巴黎,
伦敦,基督徒或土耳其人之地,   *20*
我也见过人心忙于筑,忙于毁。
想到这些,我的血液有时都仿佛消沉。
一起到悬崖上去吧,快活的孩子们!
我要同你们一道把一个巨人垒堆。

失去孩子的父亲①

提摩西,拿上手杖,赶快动身!
今天上午这村子里将空无一人。
兔子刚从汉密尔顿的地里跑出来,
猎犬吠叫着,斯基多山②喜出望外。

灰,深红,绿色的大衣和外套,
五颜六色的牧场山坡多么热闹,
姑娘们漂亮的蓝围裙,雪白的帽子,
装点着小山,仿佛这是节日。

半年前,在提摩西家门前的桌上,
曾经有一个盆,盆中放着黄杨。③   10
从门里曾经抬出来一具棺木,

---

① 作于一八〇〇年,每段韵脚格式为 aabb。
② 斯基多山(Skiddaw):英格兰湖区一高山。
③ 华兹华斯注:"在英格兰北部的几个地方,举行葬礼时,会在死者家门口放一个木盆,盆中放着黄杨枝,棺材就从那门里出来。参加葬礼的人一般会各取一枝黄杨,投进死者墓穴。"

棺中是一个孩子,他最后的孩子。

顺着谷地传来喧嚷噪杂的人声,
马嘶,号角,催促猎犬的声音。
年迈的提摩西拿起他的手杖,
然后他随手把小屋的门关上。

也许在那一刻他自言自语,
"我要带着钥匙,因为艾伦已死去。"
但并没有一个字传入我耳中,
他面带泪痕,去加入逐猎的人群。 20

橡树与金雀花
——一首牧歌①

从潺潺流淌的小溪边,
安德鲁拾取他朴素的真谛,
他仿佛学生般孜孜不倦,
当他置身于树林,深山里。
一个冬夜,呼啸的大风
从林间穿过,有如雷鸣。
安德鲁抱着他最小的孩子,
其余的人个个红润健康,
围坐在熊熊的炉火之旁,
听他讲下面的故事。　　　　　10

我见过一块峻高的巉岩,
那样峻高,饱经风吹雨打。
一棵橡树生在那岩石顶端,

---

① 作于一八〇〇年,不迟于八月四日。每段韵脚格式为ababccdeed,每行四步,但最后一行三步。

岩石脚下生着一株金雀花。
三月一个明媚的正午,
阵阵西南风轻轻吹拂——
化冻的暖风,如同六月。
那橡树,是智者也是巨人,
发出苍老庄重的声音,
对邻居金雀花说: 20

"多么难熬,过去这八星期,
顺着这一座高山的边缘,
日夜有寒霜穿透岩石泥土,
催生一条条裂缝,楔子一般。
你仰头看,想想在你头顶,
会有怎样的祸事发生。
昨夜我听到了轰然一响,
还好碎片落向了另一侧,
就在那边;而你这样纤弱,
万一它们落到你身上! 30

"你一如既往,正心心念念,
准备着装扮你纤秀的身形。
但不久前,只三年之前,
你侥天之幸,死里逃生。
一块碎石从那边崖上坠落,

你记得它冒着烟,燃着火,
直冲向我们这一个方向。
这沉重的岩石被我挡住,
一直到今天,清清楚楚,
它还悬在你头上。 40

"不论最初的时候,那最早
带你到此的是什么,是谁,
是清风,是鸟,还是羊毛,
总之它当时一定在沉睡。
因为你和你葳蕤的枝茎,
吸引着无忧无虑的小牧童,
吸引他在你的荫凉下入眠。
某个闷热的正午,相信我,
你和他会同时遭逢不测,
天知这话何时应验。 50

"愿你听取我这善意的劝告。"
金雀花几乎要瞌睡过去,
为让自己保持清醒的头脑,
她轻声说出下面的言语:
"多谢你的这一番箴诫。
你所言极是,千真万确,
我也早已深知这一点。

把我们与生命相连的纽带
很柔脆,不论我们年轻老迈,
不论我们强弱,愚贤。   60

"灾难有朝一日总会降临,
不论我们大小,做何努力。
往往那最可称为明智的人,
是那愚人,他不思不虑。
至于我,我何必四处流浪?
这里是我父辈定居的地方,
这里是我继承的愉快遗产。
我父亲在漫长的欢乐岁月,
在此欣然舒展他的花朵,
在此安享了晚年。   70

"也许我与他有同样的命运。
我何必让种种的恐惧,
徘徊萦绕在我的心中?
我难道不是已蒙上天眷顾?
春天编织美丽的花环给我,
用青青叶子,金黄的花朵。
而当满天都已是寒霜,
我的枝条依然清新繁茂,
你会看着我,你会说道,

死亡不会降在这朵花上。　　　　　　　　*80*

　　"那全身金碧的翩翩蝴蝶，
　　常常会飞到我这里来，
　　它见我那些羽翼般的花朵，
　　像它自己的羽翼一样可爱。
　　当草叶上点缀着雨露泠泠，
　　母羊会躺卧在我的绿荫，
　　带着它出生不久的羔羊。
　　我目睹了它们母子的亲热，
　　它们母子间甜蜜的欢乐，
　　欢乐在我心中荡漾。"　　　　　　　　　*90*

　　金雀花声音喜悦，心境恬然，
　　她本来还会继续说下去，
　　直到深夜的群星出现，
　　又开始它们在夜空的行旅。
　　然而在橡树的枝条中，
　　有两只渡鸦开始啼鸣，
　　唱着欢快的新婚乐章。
　　两只小蜜蜂，不早不迟，
　　随风来到她的花荫下觅食，
　　发出嗡嗡的声响。　　　　　　　　　　*100*

一天夜里刮起了北风,
大风呼号,凶狠暴戾。
清早的时候我冒险出门,
走过了那块陡峭的岩壁。
狂风向橡树的身上击落,
终于将它猛然间摧折,
然后卷出去很远很远。
烂漫的金雀花却并未受损,
在隐蔽的石缝里得以存身,
未来也将长久平安。 *110*

瀑布与野蔷薇①

"走开,你这不自量力的东西!"
一个声音如雷霆轰鸣,
"你怎敢用你可笑的身体,
阻挡我所选择的路径!"
一条暴涨的瀑布夹着雪,
对一株可怜的野蔷薇这样说。
飞沫溅满野蔷薇身上,
它上下晃动,摇曳不定,
它生活在一个不幸的家中,
孩子们最懂那情状。 10

"你怎敢将我的去路阻拦?
走开,走开,你这小东西!
看我把你一直掼到下面,
连同你的身体依附的岩石。"

---

① 作于一八〇〇年。基本韵脚格式为 ababccdeed,最后一段为 aabccb。每行四步,但每段最后一行三步。

对于那一条凶暴的洪流,
耐心的野蔷薇已忍受许久,
它没有发出叹息或呻吟,
盼望着危险将会过去。
但当它看到已无望,终于,
它鼓起勇气回应。 20

它说,"啊,请不要将我责怪。
我们为何不能平安共存?
这是我们生来居住的所在,
我们的生活曾其乐融融。
你从我的石床上唤醒我,
你向我的血脉中灌注欢乐。
漫长夏日里,一天一天,
你让我枝叶清新,赐我雨露,
你曾给予我种种的眷顾,
我报以深深的感念。 30

"当春天带来了蓓蕾和花,
在周遭的这些山岩之中,
我将花环在你的面前悬挂,
告知你和暖的日子已近!
在夏天闷热的时光里,
我用我的花叶将你荫蔽。

现在我的叶子都已飘零,
但叶子中的红雀曾为你我
婉转歌唱,那时你声音细弱,
甚至没有一点声音。　　　　　　　40

"如今傲慢充满了你的胸臆,
你看得出我是怎样悲伤。
愿你想一想我们俩一起,
本可以多么幸福而安详!
我现在没有花也没有叶子,
但却不乏另一种装饰。
我有很多深红的蔷薇果,
我愿用它们,虽然微贱,
在长长冬日里将你装点,
便是我野蔷薇的欢乐。"　　　　　50

它还说了什么,我不得而知。
轰鸣的瀑布顺着山谷冲下去,
一路咆哮,如快马腾骧。
我耳中听不到别的声音,
野蔷薇战栗着,我担心,
那就是它的绝响。

两个小偷
——或贪心的最后阶段 ①

我多希望拥有比维克②的才华,
和他在泰恩河上学到的技法,
那么缪斯们如何待我都随便她们,
因为我将永远告别诗歌与散文。

我神奇的手将做到怎样的壮举!
学问、书本都该从我们国土上驱逐。
为解决饥渴,还有其他需要与愁烦,
每个小酒馆墙上都应画一幅盛宴。

旅人将在椅子上搭挂他的湿衣服,
让它们冒烟吧,烧吧,他毫不在乎, 10

---

① 作于一八〇〇年,每段韵脚格式为 aabb。
② 托马斯·比维克(Thomas Bewick,一七五三年~一八二八年),木刻家,来自泰恩河畔的纽卡斯尔,擅长乡村题材。

因为浪子,约瑟夫的梦和他的禾捆①,
怎及我这两个小偷的故事那样动人?

小丹恩还没有穿马裤,只有三岁,
爷爷的年龄则不止孙子的三十倍。
九十年的风霜雨雪,晴天阴天,
隔在这一对共同行窃的祖孙之间。

木匠是不是把木屑撒在了地板上?
一车泥炭是不是停在一个老妇门旁?
老丹尼尔就会向那宝贝伸出手去,
他的孙子在他身边同样忙碌。　　　　　　　　　　*20*

老丹尼尔刚刚动手又忽然停下,
他目光灵巧机敏,不再老眼昏花,
那目光几乎不属于此时的他自己,
而是向人们昭示着他的过去。

从前,种种的快乐,交织的渴念,
也曾触动过老丹尼尔的心弦。
如果他看重他的钱袋,那又如何?
有千万人曾经在这条路上走过。

---

① 浪子回头、约瑟夫和他梦见的禾捆,均为《圣经》故事。

走在这路上的人曾有千千万万，
而丹尼尔似乎比别人走得更远。 30
现在你看看老丹尼尔的光景怎样，
看他落到何等地步，当他白发苍苍。

早晨的太阳还没有高过山毛榉树，
这一老一少就手挽着手开始上路。
纵然孩子般的两人犯下什么罪过，
一个懵懵懂懂，另一个全无知觉。

他们不慌不忙地游走，在街上搜寻，
老人引着孩子，或是孩子引着老人。
不论他们在哪里施展智谋与机巧，
村里每个人的脸上都露出微笑。 40

他们游荡着，富人穷人都不加阻止，
因为白发的丹尼尔有个女儿在家里。
人们要求的赔偿她都会欣然承担，
若有人提出，三倍的赔偿她也情愿。

老人！我曾多少次看着你，心怀怜悯，
我爱你，我爱你身边那天真的孩童。
愿你长寿！因为你仿佛是一位良师，
我们看见你把我们人性的面纱揭去。

不务正业的牧童
——或土牢溪瀑布,一首牧歌①

I

欢悦的声音响彻山谷,
群山之间荡漾着回声,
仿佛一支萦绕不绝的歌,
迎接五月的来临。
喜鹊快活地喳喳鸣叫。
山中渡鸦的一群幼雏,
刚刚离开了母亲和巢,
正在天空中四处游遨,
为自己去寻找食物,
或者在闪光雾气里穿梭, 10
想要如何,便恣意如何。

---

① 作于一八〇〇年,每段韵脚格式为abcbdeffegg。土牢溪(Dungeon-Gill):水名。当地人称瀑布为force。

II
在一块山岩脚下的草地上，
两个牧童坐在阳光下面，
他们看起来仿佛无事可做，
或者该做的事情已经做完。
他们用岩枫做成的笛子，
断断续续吹着圣诞的歌曲，
或者用石松（在我们谷中，
有"鹿角"或"狐尾"之称），
把自己的破帽精心装饰。 20
两个人像青天白日般快活，
就这样把时光慢慢消磨。

III
在小河边的石岸之上，
沙百灵唱着欢快的歌，
树林里的画眉忙忙碌碌，
它们的歌声嘹亮清越。
岩石上有一千只羔羊，
都刚刚降生！天与地
欢腾庆祝，那两个牧童，
头戴绿花冠，喜不自胜， 30
全然没有听到那哀啼。
那声音来自土牢溪深处，

顺山坡传来，仓皇凄楚。

Ⅳ

沃特从地面上跳起来，说：
"我跟你赛跑，终点就是
那老紫杉树桩，"话音刚落，
这两个牧童就开始奔驰。
他们一路跳啊，跑啊，
当他们来到土牢溪对面，
沃特眼看着自己要输定， 40
就对伙伴大声喊，"停！"
詹姆士停下来，很不情愿。
沃特说，"下面是你的任务，
这要花上你半年的工夫。

Ⅴ

"我敢走过去，你也要过去，
否则你不许睡觉，吃饭。"
詹姆士傲然接受了约定，
但这壮举他实在并不喜欢。
如果你将来到朗格谷去，
你就会看到那一个去处： 50
有一块巨石落进了山缝，
像一座石桥，夹在当中，

它下面是深深的峡谷;
一条瀑布从峻高处坠落,
向下面幽深的小潭倾泻。

VI
沃特开始穿越那石缝,
手里拿着牧羊用的手杖,
他聚精会神,小心翼翼,
到达了那微拱的巨石中央。
这时,听!他听到一声哀吟, 60
又一声!他的心停止跳动,
脉搏也停止,呼吸不上来,
他摇晃着,像鬼魂般苍白。
他低头朝下看,在石潭中,
他这才看到了一只羔羊,
困在那幽暗可怕的地方。

VII
此前,那羔羊滑进了溪流,
被湍急的流水裹挟着冲走,
但全身并没有受一点伤,
就被卷进了下面的深沟。 70
它的母亲眼见它落水,
眼见它被急流卷了下去,

出于母爱,它忧急如狂,
从上面高高的岩石之上,
发出一声凄惶的哀啼。
羔羊在水潭里一圈圈划动,
回应着母亲的哀声。

Ⅷ
我想,当沃特终于明白了
那声哀鸣是什么缘故,
他不再害怕,把那情形, 80
向詹姆士一一讲述。
两人乐于推迟他们的壮举。
碰巧有个帮手及时出现,
一个诗人,他爱小河清溪,
远胜过古圣先贤们的书籍,
他碰巧闲步到了那边。
他看到那只可怜的羔羊,
被困在四周的巉岩中央。

Ⅸ
他把羔羊从水中轻轻拉起,
将它抱到了日光之下。 90
两个牧童遇到他抱着羔羊,
这情景令他们很是惊诧。

他们把羔羊抱过来，说，
"它没有跌伤，也没有擦破"。
他们快步攀上陡峭的山岩，
把羔羊放到它母亲身边。
诗人责备他们，语气温和，
他让两个不务正业的牧童，
看管羊群的时候要更用心。

当我第一次来到这里 ①

当我第一次来到这里,来到我的家,
我自己的居所,那是一个寒冷的,
多风雪的季节,一星期又一星期,
小径和大路上都积满了雪,不时
从天空落下的雪。一座小山上,
离我的房子不远的地方,有一片
肃穆的冷杉林,我爱去那里,
因为在那林中,我仿佛找到了
一个宽敞的港湾,隐蔽的角落,
地面无杂草丛生的静修之所。　　　　10
在这安全的角落,浅浅的雪上,
有时在一小片裸露出来的土上,
红襟鸟在我身边跳跃,我也乐于
同情那些普通的灌木林中的小鸟,
那些来到这里的小鸟。冷杉林里,
矗立着唯一一株榉树,这株榉树的

---

① 作于一八〇〇至一八〇四年间,素体。

树杈上,托着一个画眉鸟巢,
去年筑的巢,如此醒目地筑在
离林中地面如此接近的地方,
没穿马裤的男孩也能够看向巢里。   20
我想,这鸟巢清楚地告诉我,
树林中,那些住在这巢里的鸟,
住在这自然与爱的华居里的鸟,
整个夏天都清净地度过。常常,
几只从散落的羊群里掉队的羊,
与我相伴,它们从树林最远的边缘,
看着我,它们把那一个角落,
当作自己最后的立足之处,
它们挤在一起,怀着两种恐惧:
对我的恐惧,和对风雪的恐惧。   30
我在这树林里消磨了许多时光。
但那个种树的人把树栽得太密了,
它们彼此挤挤挨挨,这样繁茂,
这样杂乱无序,我原本希望,
能在树干之间找到一块空地,
让我可以前后踱步,我爱那样,
轻松而机械,并不需要思索。
这个愿望我却没有能够实现。
这多荫的树林,可爱的所在,
我对它的爱因此也有所减弱。   40

我有个弟弟。他离开温德米尔湖滨,
艾斯威特的愉快湖水,灰色的农舍,①
离开了他出生于其间的群山,
离开了群山的种种生机与美,
到荒凉的大海之上去做水手。
从那时起,树叶一次次飘零,
春天一次次降临,触动了鸟兽的心。
　　在我们分别十四年后,终于,
他来到了我的屋檐之下小住。
太阳还没有来得及落山两次, 50
他就已经发现了这片冷杉林。
从那时起,他每天都会到这里,
拜访这里。当时我有别的去处。
但一天上午,为了逃避酷热,
我偶然又来到这被我放弃的所在。
我在树林中发现了一条小路,
一条由人踏出的灰白的小路。
小路绕着一株株树蜿蜒向前,
顺着一块天然开阔地,从容蜿蜒。
我站在那里,惊奇于自己的鲁钝, 60
我居然一直没有看出这一条

---

① 温德米尔湖(Windermere),艾斯威特湖(Esthwaite):英国湖区的两个湖。诗中人指约翰·华兹华斯(John Wordsworth,一七七二年~一八〇五年)。

现在看来是如此明显的路线。
我望着冷杉树下的这条小路，
心中充满活泼的喜悦，因为，
我马上想到这是我弟弟走出来的。
我的心情那么愉快，当我看见，
他把更敏锐的眼睛带到了这林中，
更警醒的心；我看见他不愿离开
这可爱所在，他踏出了他的小径，
他自己的深深小径！他在此踱着，　　　　　70
以水手特有的那种不安的脚步，
水手就这样来来回回地踱着，
丈量着他在甲板上局促的空间，
当船在荒凉的大海之上航行。

　　自从你离开艾斯威特的水滨，
第一次告别这些青山和巉岩，
这些你少年的时候嬉游的地方，
我的兄弟，年复一年就这样过去！
我们两个很少交谈，也很少知道
彼此的心灵塑成了何种模样。　　　　　　80
当我们在格拉斯米尔谷地重聚，
我们之间除普通的兄弟之爱，
仿佛也并没有什么别的纽带。
但你在少年时，已把不死的记忆
带到了大海之上，在大海上，

自然与你同在,她爱我们两人,
她一直与你同在,直到你成了一个
沉默的诗人!从无边大海的孤寂中,
你带来了敏锐的、永远警醒的心,
捕捉一切的耳朵,和一双眼睛, 90
像盲人的触觉般体察入微的眼睛。
你又回到了阴郁无欢的大海上。
我把这一条小径以你来命名,
现在,我对这冷杉林怀着无瑕的爱。
当天空万里无云,骄阳似火,或者,
当恼人的狂风吹起,我都会去那里。
傍晚我在那里独坐,陡峭的银浩山,
寂静无声的格拉斯米尔湖,
一个碧绿小岛,在茂密的冷杉之间,
闪着微光,那情景如同幻象。 100
当我望着这朦胧而壮美的景象,
望着这梦一般庄严而可爱的景象,
我就不由想起你,我的兄弟,
我不由想起你所失去的一切。
如果我没有猜错,应该有很多次,
你轻声念着我在这群山之间
第一个轻声念出的那些诗句,
当你午夜时分,在遥远的地方,
在船甲板上来来回回地踱着。

而这里,我的头上,轻风微微一动,
冷杉林就低低发出海一般的声音。
我独自走在这条小路上,仿佛
让我的脚步与你的脚步合拍,心中
充满与你一样的情感,难分彼此,
怀着对未来的热切期盼,期盼着,
有一天,我们,还有我们所爱的人,
能在格拉斯米尔这欢乐的谷地重逢。①

---

① 一八〇五年,约翰·华兹华斯死于海难,诗人的愿望未能实现。

麦克尔
——一首牧歌①

如果你从大路上移开脚步,
沿着青源溪②那奔跃的溪水上溯,
你大约会以为,你的双脚
将在陡坡上跋涉,荒野中的山
是如此巍然屹立,直面着你。
但振作吧!因为在那喧腾的溪边,
群山全都敞开了它们的怀抱,
形成了山中一个幽僻的谷地。
谷中并不见有人家,那些
独自来到此地的人只会看见   10
零星的几头羊,只看见巉岩,
还有一只只在天空翱翔的鸢。
那里诚然是一个幽独的所在。
我之所以要提到这个山谷,

---

① 作于一八〇〇年十月至十二月间,素体。
② 青源溪(Green-head Gill):格拉斯米尔东北的一条山溪。

只为了一件你可能错过的事物,
你看见它却未必会注意到它——
溪边有一堆粗朴未凿的乱石。
那石堆是牵连着一个故事的,
虽然没有惊人的事件装点它,
但我想它并非不宜于炉边, 20
或者夏日树荫之下的闲谈。
关于深居于山谷中的牧羊人,
那是我最早听到的一个故事。
我本来已挚爱着这些牧羊人,
不只为了他们自身的缘故,
也为了他们安身立命的山野。
当我还只是一个孩子的时候,
无心书本,但已感到自然的伟力,
这个故事就以自然物的那种
温和的力量,引导着我,引我 30
去体会不属于我的强烈情感,
使我想到人,人心,人的生活,
虽然我的思索随意而且不完全。
所以,尽管这故事朴素而简单,
我下面还是要将它讲述,为了
能愉悦几颗不失天真的心灵,
我还有着更深的爱意——为那些
将身处这些山中的年轻诗人们,

他们如又一个我,当我本人已离去。

在格拉斯米尔谷地的森林边上, 40
曾住着一个叫麦克尔的牧羊人。
他老了,但精神矍铄,身体健康,
从年轻一直到老年,他的筋骨
都非常强健;他心思敏锐,
专注而节俭,做什么都得心应手,
在放牧的劳作中,同一般人相比,
他也要更加敏捷,更加警觉。
就这样,他通晓了各种风的深意,
各种音色的大风,常常,当别人
还毫无知觉的时候,他已经 50
听见了从南方传来的地下的音乐,
仿佛高地的远山中风笛的喧响。
那时,麦克尔得到这样的警示,
就想起自己的羊群,就自语道,
现在,风正想着怎样对付我呢!
的确如此,每当有风暴来临,
旅人寻找着栖身之处,麦克尔
就会上山,他曾千万次独自一人,
身在迷雾的中心,雾卷过来,
淹没他,又离开他所在的高处。 60
他就这样一直活到了八十岁。

如果有人以为这牧羊人的心灵，
对一条条翠谷，对溪流，岩石，
会无动于衷，那他真的错了。
田野——他曾怀着愉悦的心情，
在那里呼吸着万物共有的空气；
群山——他常常健步攀登它们，
它们在他心中打下多少往事的烙印，
关于艰辛，本领或勇气，喜或惧，
它们仿佛一本书一般，保存着　　　　　　　　70
一只只不会说话的羊的记忆，
他救活，喂养，庇护过的羊群。
这些本已令他感激，此外又加上
对清白收益的笃信。群山，田野，
是他活生生的存在，甚至胜过他
自己的血脉——难道不是必然如此？
它们已经紧紧抓住了他的心，
他对它们抱着愉悦而盲目的爱，
那是生命本身所具有的欢愉。

麦克尔并非一个人独自生活。　　　　　　　　80
他有位相貌端正的妻子，也老了，
虽然她比麦克尔要小二十岁。
她充满活力，是闲不住的女人，
全部心思都在家中。她有两架

形貌古旧的纺车,大的纺羊毛,
小的纺亚麻,如果一架休息着,
那是因为另一架纺车正在工作。
此外,老夫妇家中还有一个成员,
一个独生子,他出生的时节,
麦克尔屈指计算自己的年龄, 90
开始觉得老了,用牧羊人的话说,
一只脚踏进坟墓了。这独生子,
还有两条饱经风雨的勇敢的牧羊犬,
——其中一条如同无价之宝——
就是这家中的全部。说句实话,
在这山谷中,没有一个人不知道
他们不停歇的劳作。当天光已尽,
父子两个人干完了户外的活,
回到家中,即便是此时,他们
也并不休息,只除非一家人 100
走到那整洁的晚餐桌板旁边,
每人一份汤,一份撇去乳脂的牛奶,
三人中间是堆满燕麦饼的篮子,
还有自家制的普通奶酪。吃过饭,
路加——这是他们儿子的名字——
和他的老父亲,两人又都拿起
方便做的活计,在壁炉的旁边,
他们的双手也没有片刻清闲。

他们或是为主妇的纺锤梳理羊毛，
或修理损坏的连枷，大小镰刀，　　　　　　　　　　*110*
还有家里或田地里的其他工具。

依我们当地古老而粗朴的风俗，
他们家的烟囱有一大块突起，
那下面笼罩着相当宽敞的空间。
在那个烟囱旁边的天花板上，
日光暗下去时，主妇就挂起一盏灯，
这灯年深月久，同所有同类相比，
它为人效力的时间是最长的。
每到傍晚它就会亮起，直到深夜，
伴他们度过了数不尽的时光。　　　　　　　　　　　*120*
年复一年，岁月就这样流逝，
这对夫妇也许并未变得多么轻松
或快乐，但他们怀抱目标与希望，
本本分分地过着勤勉的生活。
如今，儿子路加已经十八岁了。
在那古旧的灯盏下，父子二人
坐在一起，此时夜已经很深，
主妇仍操劳着只属于她的活计，
于是，在那万籁俱寂的时候，
茅屋发出夏日青蝇般的嗡嗡之声。　　　　　　　　　*130*
我之所以不厌其烦说起这盏灯，

并非徒费言语,而是因为我知道,
这会给很多仍然活在世上的人
带来欢乐,因为颇有一些人,
他们的记忆会证实我讲的故事。
那房子的灯光在这一带是有名的,
在众人眼中,它是那对勤俭夫妇
生活的象征。他们的那间茅屋,
恰好独自矗立在一块高地上,
向南方,向北方,都可以远望, 140
向上可望到幽闲谷,顿玛高坡,
向西可以一直望到湖边的村庄。
由于这恒定守时的灯光的缘故,
这从远处就能够看到的灯光,
住在这谷地中的老老少少,
都把这间茅舍叫作"长庚星"。

在悠悠过去的漫长岁月中,如果说
麦克尔爱他自己,那么他也必定
爱他的妻子;但对他的心而言,
老年所得的儿子却更加宝贵, 150
或许,这出自于本能的温情,
那同一种不假思索的精神力量,
它存在于世间万物的血液之中;
或者因为一个孩子胜过其他馈赠,

孩子带来了希望，带来憧憬，
带来心中不安的悸动，而其他所赐
按照自然法则，终是要毁灭的。
由于这些，或许还有别的缘故，
在老人心目中，他唯一的儿子，
现在是他在这世上最钟爱的。　　　　　　　　　　*160*
他对儿子怀着无与伦比的挚爱，
儿子是他的心肝，他的欢乐！
当儿子还是怀抱中的一个婴孩，
老麦克尔就常像女人一样侍候他，
不只是偶尔逗弄一下孩子取乐，
像很多父亲那样，而是怀着耐心，
做温柔的琐事；他曾像女人一般，
用手轻轻地推动孩子的摇篮。

后来，在小路加还没有穿上
小男孩穿的那种马裤的时候①，　　　　　　　　*170*
麦克尔虽然秉性严肃而坚强，
但却喜欢在眼睛里看到儿子，
当自己在家门旁做活，或者，
当自己坐在牧羊人的小凳上，
在那株大橡树下，羊在他面前。

---

① 当时，幼童都穿长罩衫，男童在三到七岁之间穿上马裤。

那树就在他家门旁投下大片荫凉，
剪羊毛的人选择那里遮蔽阳光，
在我们当地的乡下俗语中，
那树至今被称为"剪羊毛树"。
当麦克尔和儿子坐在树荫下， 180
周围全是些热诚而愉快的人们，
这时，如果儿子去抓绵羊的腿，
或发出呼叫惊吓羊，扰得羊不安——
当时羊一动不动躺在大剪刀下面——
麦克尔就会频频地看着儿子，
神色中是温柔的制止与责备。

靠上天保佑，孩子长得很健康，
两颊上总有两朵玫瑰色的红晕，
就这样一直到他五岁的时候。
这时，在冬天的一片灌木林中， 190
麦克尔亲手伐倒了一株小树，
把它用铁箍好，做成了一根
处处称心应手的牧羊人的手杖，
交给了路加。路加常常手持着它，
充当守门人，站在大门或豁口处，
拦挡羊群，或让羊群调转方向。
孩子开始做这活计实在太早了些，
你也猜想得到，他站在那里，

很难说是在帮忙还是在碍事。
我相信,正由于这一个缘故, 200
他并不总得到父亲的赞许,尽管
手杖,呼喝,眼神,威胁的手势,
凡能用上的手段孩子都已用上。

　　很快,路加已经有十岁大了,
已经能够经得起山风的劲吹。
他不畏辛苦,也不畏疲惫的路途,
每天都和父亲一起到山上去,
父子两个相依相伴。我何消说呢?
麦克尔以前钟爱的种种事物,
现在他愈加钟爱了;从儿子身上, 210
发散出情感,发散出难言的气息,
于太阳而言是光,于风而言是音乐。
老人的心就仿佛重生了一般。

　　儿子就这样在父亲的目光下成长,
现在他终于长到了十八岁,是
父亲的安慰,父亲每日的希望。

就这样,这善良的一家三口人
一天天地度日,此时,麦克尔
听到了一个令人悲伤的消息。
在我所讲的事情发生之前很久, 220
麦克尔曾为自己的侄子担保,

那侄子为人勤劳，家产丰足，
但突然之间，有意外的不幸
降落到他身上；现在，老麦克尔
被传唤去，支付罚没的钱款，
那罚没是严峻的，算来差不多
有麦克尔家产的一半。一开始，
当他听到这意外的损失，瞬间，
他生活中的多少希望都破灭了，
他觉得没有别的老人这样无望过。　　　　　230
当他总算是提起了一些精神，
终于能够直视自己身处的困境，
这时，看起来他唯一的出路，
就是变卖一部分祖传的土地。
他最初也这样决定；但思量再三，
他失去了勇气。噩耗后的第三天，
他对自己的妻子说，"伊莎贝尔，
我已经辛苦劳碌了七十多年，
我们一直蒙着上帝之爱的阳光，
但是，如果我们的这些田地，　　　　　　240
落入一个陌生人之手，我觉得，
我就是躺在坟墓里也不会心安。
我们的命运是充满劳苦的命运，
太阳也几乎没有我更加勤勉，
到了最后，我还是成了家中的

一个愚人。若那人欺骗了我们，
他就是恶棍，做了邪恶的选择。
但是，如果他并没有欺骗我们，
那么对成千上万人而言，这损失
算不得令人伤心。我原谅他。 250
但与其说这样的话，不如不说。
我刚开口的时候，心里想的是
讲一讲补救之策，乐观的希望。
让路加离开我们吧，伊莎贝尔。
我们不卖地，这地仍是自由的，
让路加拥有它，自由地拥有，
如同土地上吹过的风。你知道，
我们还有一个亲戚，在这困顿中，
他会帮助我们。他是富足的人，
生意兴隆，让我们的儿子去找他。 260
路加靠亲戚的帮助，自己的勤俭，
会很快弥补家中的损失，然后，
重回我们身边。他如果留在家里，
又能怎样？在人人都贫穷的地方，
有什么好处？"麦克尔停住了，
伊莎贝尔坐在那里，没有说话，
回想起一桩桩一件件的往事。
她心想，那个理查·贝特曼，
教区救济的贫儿，在教堂门口，

他们曾为他募捐，先令，便士，　　　　　270
还有半便士，邻居们用这些钱，
买了一个篮子，装上些小杂货，
那少年手臂上就挎着这篮子，
去了伦敦城，找到一位雇主，
他从众人中挑选了这诚实的孩子，
去照看自己在海外经营的货物。
贝特曼在海外变得非常富有，
留下了产业，给穷人留下钱款，
在他的出生地修了一座教堂，
用外国运来的大理石铺教堂地面。　　280
这些，还有很多类似的念头，
在伊莎贝尔心头闪过，她的脸色
变得明亮。老麦克尔高兴起来，
接着说，"哎！伊莎贝尔，这两天，
我心里只是想着这一件事。
我们仍然拥有的，远超过损失。
我们该知足！我真愿自己更年轻，
但我们的希望并不是捕风捉影。
给路加准备最好的衣服，再给他买
最好的衣服，我们明天就送他走，　　290
或者后天，或者不如就今晚，
——如果他要动身，今晚就动身。"
麦克尔说完，怀着轻快的心情，

到地里去干活。此后的五天时间,
主妇日夜忙碌着,整个白天,
都仔仔细细地用自己的双手,
为儿子打点路上的行装。但是,
当星期天到来,伊莎贝尔却乐于
中断自己手里的活计,因为,
过去两晚,当她躺在麦克尔身旁, 300
她听见丈夫在睡梦中多么不安,
清晨起床的时候,她能看出,
丈夫的希望都熄灭了。那天正午,
只有她和儿子两人坐在门边。
她对路加说,"你不要去了吧,
我们只有你一个孩子可以失去,
只有你一个可以回忆——别走了,
如果你走了,你父亲也没法活。"
那少年用愉快的声音回答她。
伊莎贝尔既然说出了心中的忧惧, 310
就重新振作起精神。那天傍晚,
她端上最好的晚餐,三个人一起,
仿佛欢乐的人围坐在圣诞的火边。

第二天早晨,伊莎贝尔继续忙碌,
在接下来的整整一星期时间,
家里愉快得仿佛春天的树林。

他们盼着亲戚的信，信终于来了。
那位亲戚在信中善意地保证，
为了路加，他愿意尽自己所能，
他还说到，他们可以让路加 320
马上到他那边去。这一封信，
他们从头到尾读了不下十几遍，
伊莎贝尔把它拿给邻居们看，
此刻，在整个英国，没有一个人
有路加那样骄傲。当伊莎贝尔
回到家中，老麦克尔说道，
"明天他就走吧。"听他这样说，
主妇絮絮地说起了很多物件，
如果儿子就这样匆匆启程，那么，
一定会将那些物件忘记，但最后， 330
她同意了，麦克尔这才安了心。

在青源溪奔腾喧嚷的溪水边，
在那条幽深的山谷中，麦克尔
想要垒一个羊栏；在他听到
那令人悲伤的损失消息之前，
他已经为此搬来了一些石头，
将它们堆放在了溪水之旁，
准备着未来日子里羊栏的垒筑。
那天傍晚，他同路加向那里走去。

很快就到了，麦克尔停住脚步， *340*
这样对路加说道："我的儿子，
明天你就要离开我；我看着你时，
心中是满溢的，你还是那个孩子，
还没出生就带给我希望的孩子。
这些年，你是我每天快乐的源泉。
我给你讲讲在我们俩过去发生的
一点往事。当你不在我身边时，
这对你会有好处，即使我要说的事
你并不记得。——你刚来到世上，
就像新生儿常会遇到的情形， *350*
昏睡了两天，你父亲口中的祝福，
才使你醒转。日子一天天过去，
我对你的爱也一天天增长。
当我听到你在家中的炉火边，
第一次哼出无词的天然曲调，
当你还不过是一个吃奶的婴孩，
在母亲的胸前快乐哼唱着，
我的耳中从没有听见过比这
更美妙的声音。一个月一个月，
我的日子在空旷的田野中， *360*
在群山中度过，不然我可以说，
你是在你父亲的膝头长大的。
我们是伙伴，路加；在山中，

你记得，我们两个人，一老一小，
一起玩耍，有我在，你不会缺少
一个男孩子想要的任何快乐。"
路加的心是刚强的，但听到这些，
他不由大声哽咽。老人抓住他的手，
说，"不要这样，我看得出来，
这些事情我其实是不消说的。 370
对于你，我是个慈爱的父亲，
无微不至的父亲；而这时候，
我不过是在偿付我从别人手中
获得的礼物，因为，虽然我老了，
比一般人都活得长久，却仍记得
小时候深爱着我的人，我的父母，
他们长眠在一起。他们生活在这里，
像他们一代代的祖辈父辈一样，
当死期到来的时候，他们安然地
把自己的身体献给家族的土地。 380
我希望你也能过他们那样的生活。
但是，孩子，回顾我漫长的岁月，
过去六十年中，我所得甚微。
土地传到我手中时是背负着债务的，
四十岁之前，我所继承的家产中，
属于我自己的还不到一半。
我不辞辛劳，上帝保佑我的劳作，

三星期前，这土地曾归我们所有，
仿佛它无法忍受另一个主人。
如果我给你选择了错误的道路， 390
上天原谅我，路加，但看起来，
你应该去。"这时他停了下来，
然后，他指着他们身边的石头，
短暂的沉默之后，他这样说：
"孩子，这本是我们俩的活，现在，
是我一人的了。垒放一块石头吧，
为我，用你的手垒放一块石头。
我把你带到这里就为了这个。
唉，孩子，振作吧——我们有望
看到更好的一天。我八十四岁， 400
身子依然硬朗。你勉力而为，
我也勉力而为。我会重新
开始做很多本来属于你的活计，
我会重新攀登高山，冒着风雨，
没有了你的陪伴，只我一人，
重新做那些我在拥有你之前，惯于
一人做的活。上天保佑你，孩子！
过去两星期，你的心跳加快了，
搏动着种种憧憬——理应如此，
我知道，你不会有意离开我。 410
路加，将你联结在我身上的，

只有爱的纽带,一旦你走了,
我们还剩下什么!——但我忘了
到这里来的目的。放一块基石吧,
像我说的那样。从此以后,路加,
当你身处异乡,如果有邪恶的人
与你为伍,那么,就让这羊栏,
作你的锚,你的盾;在一切恐惧,
一切诱惑中,让它在你的心里,
成为父辈们那一种生活的标记, 420
他们为人清白,因为清白的缘故,
他们劳碌于善事。那么,再见了——
你回来的时候,会在这里看到
一个如今尚不存在的羊栏,让它
作你我之间的约——但无论你遇到
怎样的命运,我都会一直爱你,
直到把对你的记忆带进坟墓。"

麦克尔就此停住了,路加弯下腰,
照着父亲说的那样,垒放了
羊栏的第一块石头。看到这情景, 430
老人再也无法抑制心中的悲伤,
把儿子拥在胸前,流着泪亲吻他。
最后,父子二人一起回到了家中。

第二天,按照事先约定的安排,
路加动身了。他走上大路之后,
就努力做出勇敢无畏的样子。
当他经过门前时,所有的邻居
都出门,送他祝福和告别的祈祷,
一直到他的身影在远方消失。
后来,伦敦的亲戚寄来了好消息,   440
说路加干得不错;路加给家中
写来亲热的信,讲述种种奇闻,
用伊莎贝尔的话说,世界上,
再也没有比这更漂亮的信了。
夫妇二人读着这些信,满心欢喜。
一个月一个月,就这样过去。
麦克尔怀着乐观愉悦的心情,
再一次投身于他每日的劳作。
有时候,如果他觅得了闲暇,
他就会来到那个山谷之中,   450
垒筑那座羊栏。而在这期间,
路加开始疏忽于自己的责任,
终于,在放荡堕落的城市里,
他走上了歧途:耻辱与羞惭,
降临在他身上,最后,他不得不
逃亡海外,去寻找藏身的地方。

爱的力量能带给人某种安慰，
使本来会令人伤心欲绝的事，
也变得可以忍受——麦克尔就如此。
我曾与不止一个人谈起，他们　　　　　　460
都清楚地记得那个老人，记得
他在听到这噩耗后几年中的样子。
他的体格从年轻一直到老年，
都非常强健。他到山岩中去，
他仍然抬起眼睛，望着太阳，
听风的声音；他仍然像从前，
忙碌于种种活计，为了他的羊，
为了他所继承的那一点土地。
他时不时到那条山谷之中，
垒筑他的羊群所需要的羊栏。　　　　　　470
直到现在大家都还没有忘记，
每个人心中对那老人的哀怜——
人们都相信，在很多日子里，
他都会去往那一条山谷中，
然而却不曾搬起一块石头。
有时，有人看见他在那羊栏旁边
独自坐着，带着那条忠诚的狗，
狗也老了，躺卧在他的脚边。
在整整七年的时间里，麦克尔
时不时动手，去垒筑那羊栏，　　　　　　480

但直到他死,羊栏也没有垒成。

伊莎贝尔比自己的丈夫多活了
三年多一点的时间。她死后,
家产变卖了,落入陌生人手中,
人们称作"长庚星"的农舍不见了,
犁铧耕过了它所在的那地面。
附近一带,处处发生了巨变,
只有他们门旁的那一株橡树,
剩了下来,像从前一样矗立。
而在青源溪奔腾喧闹的溪水边,   490
仍能看到那未垒就的羊栏的遗迹。

水手的母亲①

一天早晨,空气潮湿阴冷,
是冬日里笼着浓雾的一天。
我在路上遇到一个女人,
她并未老迈,虽然已过盛年。
她相貌庄重,身材高挑而笔直,
有着罗马夫人一般的步态和气质。

古代遗风并没有云散烟消,
我想,古代在她的身上重生。
我为自己的国家感到骄傲,
它培养了这样的刚强和庄重。
她向我乞讨,看起来生活拮据,
我又看了她一眼,我的骄傲并未退去。

当我从这些崇高思绪中醒转,

---

① 作于一八〇二年三月十一日至十二日。每段六行,韵脚格式为 ababcc,前四行各四步,第五行五步,最后一行六步。

第一次向她开口的时节,
我问道,"在你的斗篷下面,
在你的手臂上托的是什么?"
她听见我的询问,很快答道,
"是一个小累赘,先生,是一只小鸟。"

她说下去,她的话是这样:
"我有个儿子,很长时间,　　　　　　　　　　20
他都在海上,但他已死亡,
他在丹麦遭遇了海难。
我到了赫尔港①,走了遥远的路,
去看一看他是不是留下了什么衣物。

"这是他的,这小鸟和鸟笼,
是我儿子的小鸟;他照看它,
干净而齐整。多少次航行中,
这小鸟都在海上陪伴他。
他上一次出海却把小鸟留下来,
也许在他的心中有什么不祥的阴霾。　　　30

"他把小鸟交给同住的伙伴,

---

① 赫尔(Hull):英格兰东北部一港口,又称赫尔河畔金斯顿(Kingston-upon-Hull)。

托他替自己喂养和照料,
直到他回来;他死于海难,
我在那里找到了这只小鸟。
现在,上帝保佑!我别无他法,
我一路带着它,先生,他那么喜欢它。"

爱丽丝·菲尔①

赶车的人驾着车,快马加鞭,
因为乌云已经淹没了月亮。
这时,蓦然间,我似乎听见
一声哀吟,一种悲伤的声响。

就仿佛风朝着四面八方吹,
我听见那声音连续不绝,
似乎将这马车紧紧追随,
我一直听见它,不曾止歇。

我终于大声叫那赶车的人,
他听见了我,把缰绳收住,
但并没有哭声,人声,喊声,
其他类似的声响也归于沉寂。

赶车的人于是甩了下皮鞭,

---

① 作于一八〇二年三月十二日至十三日,每段韵脚格式为abab。

几匹马在雨中奔腾踊跃。
很快在风声之上,我又听见
那声音响起,我叫他再停车。

我问道,一边从车上跳下来,
"怎么回事,这悲哀的呻吟?"
这时我发现了一个小女孩,
坐在车厢后面,独自一人。　　　　　20

"我的斗篷!"她只是这样说,
她放声痛哭,忍不住悲伤,
就仿佛她的心都要碎裂。
她从马车上跳到了地面上。

"怎么了,孩子?"她抽泣道,"看!"
我看见有一块布扭结缠绞,
绕在车轮上,破烂不堪,
如菜园里稻草人身上挂的布条。

它缠绞在车轴与辐条当中,
女孩帮着我,我们小心翼翼,　　　　30
一起解下了那一个斗篷,
那破布当真是无比褴褛。

"在这样的道路上,野外荒郊,
孩子,今晚你要去什么地方?"
"去杜伦①",她神色激动地说道。
"那么你跟我一起坐进车厢。"

她坐在那儿,仿佛无法平复,
发出一声又一声啜泣,
凄凄切切,似乎她的哀苦,
永远,永远也不会止息。　　　　　　　40

"孩子,杜伦有你的住所?"
她勉勉强强止住了悲声,
"我叫爱丽丝·菲尔",她说,
"我没有父亲,也没有母亲。

"先生,我是杜伦那里的人。"
然后,就仿佛念及此处,
她的心堵住了,她悲声更重,
只为了那破烂斗篷的缘故。

马车继续前行,渐近终点,
这女孩在我的身边独坐,　　　　　　　50

---

① 杜伦(Durham):英格兰东北部一市。

如同失去了唯一的伙伴,
她流着泪,无人能劝解。

我们疾驰到了客栈门前,
我讲述了爱丽丝和她的不幸。
我把一些钱交给客栈老板,
托他为她买一件新的斗篷。

"要灰色的,要粗呢质地,
谁卖的斗篷都比不上它暖和!"
爱丽丝·菲尔这小小的孤女,
第二天她是多么洋洋自得。 *60*

乞丐①

她身高不亚于高个的男子,
没有戴系带的女帽来遮阳,
她穿一件长长的浅灰色外衣,
这外衣一直垂到她脚面之上。
她还穿着怎样的衣服,我无从知晓,
我只看见她头上戴着一顶雪白的小帽。

在散步途中,在市镇,田野,
我还从未见过她这样的人物。
她的脸是埃及人的那种棕色,
她全身散发着女王般的气度, 10
仿佛统率着古代亚马孙人②的大军,
或是希腊诸岛上某一位强盗首领的夫人。

---

① 作于一八〇二年三月十三日至十四日。每段六行,韵脚格式为 ababcc,前四行各四步,第五行五步,最后一行六步。
② 亚马孙人:古希腊神话中好战女人的部族。

她站在我面前,向我行乞,
滔滔不绝地倾倒着她的悲哀,
一件件的痛苦,——而我深知,
它们在英国土地上不会存在。
但我仍给了她施舍,因为她的相貌
看起来这样美,如同一株熠熠生辉的野草。

离开她之后,我继续走下去。
不久,在我的前方,我看见,　　　　　　　　20
有两个小男孩在一起游戏,
把一只紫红色的蝴蝶追赶。
大一点的孩子手拿着帽子在追逐,
帽子上缠绕着金黄的花朵,灿烂夺目。

另一个孩子头戴无檐的花冠,
花冠上纷然插着月桂树叶。
他们上上下下在蝴蝶后追赶,
两个人都大叫着,无比欢乐。
他们看起来是兄弟,八岁十岁的年龄,
就如金子酷似金子,他们的脸也酷似那女人。　　30

他们俩向我冲了过来,看,
两个人都马上对我哀恳不迭。
我说,"不到半个小时之前,

我刚给了你们的母亲施舍。"
一个说,"那不可能,我妈妈已去世。"
"但我已给了她钱,她会买面包给你们吃。"

"先生,我妈妈多日前已死亡。"
"亲爱的孩子们,不要装糊涂,
她是你们的母亲,像我说的那样。"
我的话音刚落,眨眼的工夫,   40
一个孩子大叫,"来!来!"二话不提,
两个人一起飞跑开,投身于另一种游戏。

高地盲童①

回到格拉斯米尔谷地后,在火炉边讲的故事。

  现在我们厌倦了喧哗的快乐,
  我的孩子,我们已蹦跳得够多。
  简把她的头枕在了我的前胸,
  你搬凳子过来,安安静静,
    这个角落是你的。

  就这样!你坐好,让我瞧瞧,
  你听故事的时候会不会吵闹。
  我以前曾答应过你们,现在,
  我要讲一个可怜的高地男孩
    那奇怪的经历。   10

---

① 约作于一八〇六年十二月,每段韵脚格式为 aabbc。高地(Highland):苏格兰一地区。

高地男孩！——为什么这样叫？
我亲爱的孩子们，你们知道，
他生下来就一直居住的家园，
旁边是高塔般屹立的群山，
　　比我们这些山高得多。

尘世的一切他都不曾见过，
太阳，白昼，星星，黑夜，
或者是树木，蝴蝶，花草，
溪水里的游鱼，林中的鸟，
　　还有女人，男人，孩子。　　　　20

但他并不消沉，也不沮丧，
他的心并不沉湎于悲伤。
因为上帝同情这个盲童，
是他的朋友，给予他欢欣，
　　那欢欣非我们所知。

而且，他的母亲对他的爱，
显然超过对其他孩子的爱。
她在这里也罢，那里也罢，
心中无时无刻不牵挂着他，
　　她的爱比母爱更深。　　　　30

她多么骄傲,当那个盲童,
穿着深红的长袜,格呢斗篷,
一根轻快的羽毛插在帽上,
拉着她的手,一起去教堂,
　　在安息日的时候。

他还有条狗,不是因为必需,
而是为与他玩耍,让他喂食。
如果他身边没有朋友或伙伴,
如果更好的向导不在他身边,
　　它也能给他带路。　　　　　40

那盲童能吹出动听的风笛,
就这样从家家门口走过去。
谁都愿看见他,听他的声音,
因为这可怜的盲童比所有人,
　　更会吹出美妙的旋律。

但是他做过许多不安的梦,
当他听到鹰尖锐的叫声,
当他听到激流轰然鸣响,
当他听到湖水拍打在岸上,
　　他家的茅舍离湖边不远。　　50

349

那茅舍矗立在一个湖滨,
不像我们的湖小巧安静。
那是一个奇异莫测的大湖,
变幻多端,不管风起风住,
　　湖水都一直在涌动。

因为无论黑夜还是天明,
都有海水涌入这湖中,
海水在群山间曲折迤逦,
饮尽所有美丽的山溪,
　　还有浩大的河流。　　　　　60

然后海水又原路返还,
下次又到来,目的依然。
世界还崭新时它就如此,
将来它也会永远如此,
　　只要世界长存。

还有大大小小的那些海船,
随潮水而来,在此很平安,
浮在树林之中,巉岩之中,
为那些放牧着羊群的人,
　　带来异国的故事。　　　　　70

那些故事，无论关于什么，
那盲眼的孩子总不会错过，
或说到大城，别样的山谷，
那里阳光和煦，轻风吹拂，
　　或说到海上的奇观。

但他更喜欢，更动心的事情，
却是在湖边侧耳倾听，
他听到喊叫声，欢呼，
水手们来来去去，忙忙碌碌，
　　当风平浪静，或暴雨来临。　　　　80

但有什么用处，他这些渴念？
他永远不可能摆弄船帆，
爬上桅杆，划桨，浮游，
乘着水手的大船或渔舟，
　　驾着起伏的波涛。

他的母亲常常想，也常常讲，
若她允许儿子如愿以偿，
她头上就会有太多罪过，
"怎么都行，但这万万不可，
　　孩子，那太危险。"　　　　　　　90

他就这样住在利文湖畔,
海潮声与湖水声长在耳边,
他倾听着波浪欢舞跳跃,
对不幸与灾难毫无知觉,
　　这样一直到了十岁。

然而有一天(你们认真听,
马上会知道这如何发生),
他却乘着自己的小舟,
顺着汹涌湍急的水流,
　　向大海里漂去。　　　　　　　　　　100

将来再不会有人——但愿——
乘着这样的小舟离岸!
如果他稍微朝左右倾斜,
这可怜的水手就会遭逢不测,
　　就会因此丧生。

你们说,他的小舟是什么?
印第安人的弓箭你们都见过,
还有异兽,羽毛鲜艳的珍禽,
海船从远方带来那些物品,
　　或是新奇,或是有趣。　　　　　　110

海上水手带来的那些礼物,
分散到这谷地港口中的各处。
家家户户都可能拥有一份,
这盲童对它们都很熟稔——
　　他熟悉它们,珍爱它们。

最稀奇的是一个海龟的壳,
这盲童曾将它仔细琢磨。
那海龟壳很大,也很轻,
如珍珠车——载着海中女神,
　　驾车的是活泼的海豚。

那龟壳像一个小圆筏的模样,
圆筏可漂在起伏的瓦加河①上,
龟壳也可以漂浮在海面,
欣欣然翘起自己的边缘,
　　不畏汹涌的海波。

这盲眼的孩子知道这道理。
他听说过一件奇特的真事,
讲的是一个英格兰男孩,
乘着龟壳下水,气魄豪迈,

---

① 瓦加河(Vaga):俄罗斯的一条河流。

哦，想起来都幸福！　　　　　　　　　　　*130*

那孩子父亲的战船，故事说，
当时正在印度群岛中停泊，
他下水后，从一个海湾边，
漂了很久，追上了那战舰，
　　就乘着他愉快的龟壳。

拥有这宝物的那一个农户，
我们的盲孩子常常去光顾。
一天，不知有意还是无心，
他到了那家，家中没有人，
　　他发现门并未上锁。　　　　　　　　　　*140*

当这盲孩子独坐在那边，
那故事在他的脑中闪现，
一个大胆的念头将他抓住，
他把龟壳从它的角落里取出，
　　将它顶在了头上。

就这样，从利文湖岸边，
他骄傲地启动了他的小船，
他踏进龟壳，思绪飞动，
如同那轻轻吹拂的风，

风吹起这冒险家的头发。　　　　　　　*150*

有一会儿他站在了龟壳里，
他感到龟壳动了，就坐下去。
他越来越兴奋，因为潮水
不断地从岸边向后撤退，
　　　越来越把他卷入水中。

就这样，这孩子命悬一线，
潮水转眼将他卷开了很远！
我想，他就这样漂了出去，
漂出去足有四百米的距离，
　　　才有人发现他。　　　　　　　　　　　*160*

啊，当有人第一眼看到了他，
人们怎样惊惧，怎样喧哗！
很多人都看到了他，其中，
就有那最疼爱他的母亲，
　　　她也看见了可怜的盲童。

然而对那个盲孩子而言，
他今天终于得偿夙愿！
纵有人乘气球飞升到天上，
高高地仿佛要触摸到月亮，

也不及他一半幸福。　　　　　　　　　　　*170*

　　那么就让他这样地去吧，
　　天真而快乐，无牵无挂，
　　因为如果那些善良的天使，
　　乐于为孤凄不幸的人效力，
　　　这孩子就不会受伤。

　　刚才是呼天抢地的哀声，
　　从岸上的人群传来的哀声，
　　老老少少一起发出哀啼，
　　有的用盖尔语①，有的用英语，
　　　——现在是一片寂静。　　　　　　　　　　*180*

　　很快，有几个人，默默无言，
　　坐进一条小船准备去追赶。
　　他们从湖岸边划船出发，
　　顺着湍急的湖水迅速下划，
　　　去追赶那盲童。

　　不久，他们就把桨放轻，
　　你们见过猎捕野禽的人，

---

①　盖尔语（Gaelic）：苏格兰、爱尔兰的凯尔特人所用的语言。

在这清澈的格拉斯米尔湖，
把一只新生的小野鸭追逐，
　　他们就轻轻划桨。　　　　　　　　190

或者像狡猾的水手悄悄靠近，
要捕捉在海上酣睡的生灵，
不幸的猎物方才还睡在壳里，
在大海的波浪上载沉载浮，
　　他们悄悄靠近猎物。

船上的人尽量不发出动静，
他们追过去，越来越担心。
他们越靠近，就越是忐忑，
那孩子看不见，却听得真切，
　　他猜出了他们的意图。　　　　　200

"雷加，雷加，"他这样呼喊，
"雷加，雷加"，他热切地呼喊，
他这样呼喊着，这样求恳，
他的意思是，"别向我靠近，
　　请都不要管我！"

哎！当他感到他们手臂的力量，
你们常听人说起过魔杖，

在它们的轻轻一挥之下，
最华丽的宫殿也会坍塌，
　　或消失在空气里。　　　　　　　　　　*210*

他的梦也如此。那内在的光芒，
曾让他的灵魂那样辉煌，
现在全熄灭了。痛心的挫折，
这挫折如此沉重而苦涩，
　　这种挫败他从未有过。

但是，听啊！欢呼的声响，
在群山之间久久回荡。
人群在欢呼，他们心惊胆战，
一直在看着，现在他们看见，
　　那盲童终于平安。　　　　　　　　　　*220*

在他被带到岸上的时刻，
人群中一片欢腾雀跃。
人们围过来，在大湖岸上，
为那个孩子而感谢上苍，
　　迎接那可怜的孩子。

人人心里都说不出地高兴，
孩子的小狗也加入其中。

它蹦跳过来,蹦跳过去,
频频吻主人的手以示欢喜,
  并发出哀鸣般的声音。   *230*

但他的慈母是最高兴的一个,
她刚才惊吓得一度昏厥,
醒来看到孩子,她喜不自胜,
当她可以相信自己的眼睛,
  可以摸到自己的孩子。

她把他带回家,不由得大哭,
当孩子回到自家的小屋,
母亲的眼中簌簌地落泪,
她吻着孩子,怎忍心责备?
  她高兴得想不起来责备。   *240*

在不顾一切地出海之后,
那盲孩子就这样被众人拯救,
虽然他的幻想曾经很狂热,
但在岸上过平安的生活,
  他也乐于接受。

在苏格兰高地那幽寂的谷中,
那海龟壳他们仍保留至今。

将来他们会一次次说起,
说起那盲孩子的冒险经历,
　　还有他如何获救的故事。　　　　　*250*

我知道一个老人,他情非所愿①

我知道一个老人,他情非所愿,
住在救济穷人的一座大房子中。
唉,虽然有许多人就在他身边,
他却不肯与人为伍,仿佛在牢笼。

从前他尽管贫穷,不得不乞讨,
却可随意地缓缓行走,那些日子里,
他喂养了一只并不登门的知更鸟,
它在一条小路上与他将面包分食。

那条路上有一株树,它的树根,
这疲惫的行路人发现可以小坐。   10
他把面包屑抬在膝上,一撮撮放定,
鸟啄着,有时也啄食地上的碎屑。

他们维持着亲密的交往,日复一日,

---

① 作于一八四六年一月,每段韵脚格式为 abab。

他们多么高兴,当每一次相见!
想想他们共处的宁静,朴素的游戏,
那分别的时刻和它带来的温柔遗憾。

一个月一个月这样过去,寒暑相推,
他们之间爱的需求却总得到满足,
它这边用扑闪的翅膀,忙碌的喙,
他那边则是一只手颤巍巍的爱抚。　　　　　　20

就这样,这孤独的一鸟,一人,
在那里形成了一条强烈的纽带。
当命运置他于室内的人群之中,
一切亲密的言谈,这囚徒都避开。

他的妻儿和亲人都已经亡殁,
但若不是命运违背了他的愿望,
他还剩一根活的支柱,失去的一切,
在它身上都得到了几分补偿。

但愿这善良的老人有什么办法,
——以空气传递的讯息,以某种凭信——　　　30
证明他依然爱那只鸟,将一直爱它,
证明他们虽被分开,情分却长存!

中英诗题对照表

索尔兹伯里平原	Salisbury Plain
废毁的农舍	The Ruined Cottage
坎伯兰的老乞丐	The Old Cumberland Beggar
布莱克婆婆与哈里·吉尔	Goody Blake and Harry Gill
山楂树	The Thorn
痴呆的少年	The Idiot Boy
疯狂的母亲	The Mad Mother
写给父亲们的一件小事	Anecdote for Fathers
我们是七个	We Are Seven
老猎人西蒙·李	Simon Lee, the Old Huntsman
最后一只羊	The Last of the Flock
彼得·贝尔	Peter Bell
泉	The Fountain
两度四月清晨	The Two April Mornings
露西·格雷	Lucy Gray
兄弟	The Brothers
鹿跳泉	Hart-Leap Well
家在格拉斯米尔	Home at Grasmere
乡间建筑	Rural Architecture
失去孩子的父亲	The Childless Father
橡树与金雀花	The Oak and the Broom
瀑布与野蔷薇	The Waterfall and the Eglantine
两个小偷	The Two Thieves
不务正业的牧童	The Idle Shepherd-boys
当我第一次来到这里	"When first I journeyed hither"

麦克尔	Michael
水手的母亲	The Sailor's Mother
爱丽丝·菲尔	Alice Fell
乞丐	Beggars
高地盲童	The Blind Highland Boy
我知道一个老人,他情非所愿	"I know an aged Man constrained to dwell"

译后记

翻译华兹华斯（William Wordsworth，一七七〇～一八五〇）的诗，可能不需要更多理由。如果说莎士比亚是英语诗歌的最高峰，那么，华兹华斯恐怕是第二名的最有力人选了。同时，华兹华斯因为著作甚多并不断修改，尽管他的诗歌已经有了几个中译本，但他仍有很多诗作尚未在大陆译出。中国读者常常将华兹华斯想象为一个在湖畔行吟的抒情诗人，实际上，华兹华斯的重要著作中有大量叙事诗。本书集中翻译他的叙事诗，其中有三分之二的篇幅未见译为中文，包括《索尔兹伯里平原》《废毁的农舍》《彼得·贝尔》《兄弟》《家在格拉斯米尔》等。

本书所选主要是华兹华斯以乡村生活和人物为题材的前期作品，它们共同描绘了一幅乡村图景。但这乡村并非田园牧歌式的。华兹华斯着力书写了乡村的牧羊人、妇女、儿童、流离失所的人，以及他们的苦乐，尤其是苦。人们应该如何面对苦难与死亡，这是他处理的一个重要问题。

这些并非华兹华斯叙事诗的全部。他还有很多古典与中世纪题材的叙事诗，包括长诗《劳达米雅》（*Laodamia*）、《莱尔斯通的白鹿》（*The White Doe of Rylstone*）等。本书未译。他还有一篇长诗《车夫》（*The Waggoner*），讲乡下一车夫因酗酒而被主人解雇之事，道德训诫意义很强，本书亦未译。

  诗可不可译？该如何译？对此，大家众说纷纭，做法也多样。本书译者采取的是传统老实的做法，首先力求做到"信"。华兹华斯作品的价值已在自身之中，译者力图忠实传达他的意思。这依托于译者对华兹华斯叙事诗中某种精神的把握。译者认为，虽然华兹华斯书写的是乡村及其中的人物，但他对这些人物是悲悯甚至尊敬的态度，他的语调几乎从不鄙俚。这种乡村书写与中文的很多乡土文学作品之间存在着很大鸿沟。这是译者在翻译时"信"的一个重要部分。华兹华斯追求诗歌的音乐性，他的诗都有整齐的形式。译本也希望在诗歌形式上保持忠实，即忠实传达原诗的韵脚格式、诗行的大体长度，庶几使中国读者得以窥见原诗的风貌。

  翻译华兹华斯的诗，面临一个版本问题。华兹华斯写作时期很长，且对自己的诗作一直孜孜不倦地修改。但人们基本公认的是，他的大部分佳作集中于前期，后期诗的质量有所下降。他的一些后期修改，有时相当于以已经下降的标准，来修改自己巅峰时期的作品。比如《索尔兹伯里平原》经过大幅度修改后，变成了《内疚与悲伤》(*Guilt and Sorrow*)，后者远不如原作。再如，华兹华斯将《废毁的农舍》植入他的多卷长诗《远游》(*The Excursion*) 中，而《远游》一诗整体而言并不甚佳。有鉴于此，本书参照的最主要底本是牛津大学出版社一九八四年出版的 *Wordsworth: The Major Works*（Stephen Gill 主编），编者 Stephen Gill 为华兹华斯研究专家。这一版本收录的均为华兹华斯诗歌最初完成时的样貌，也可以为学者研究他诗歌后来的修改与变化奠定基础。除参照此书外，译者还译了《高地盲童》和《疯狂的母亲》两诗。译诗大体按创作时间排序。所有注释，除特别标出外，均为译注。

译事艰难，译诗尤难。但日夜与华兹华斯为友，细细品味与斟酌中英文的词句，为某一个字而绞尽脑汁，搜肠刮肚，也是一件至乐之事。感谢华兹华斯为二百年后中国的我带来的这些至乐，也感谢在译诗的日子里，他教给我的关于读诗、写诗的很多真谛。

译者
于北大燕园

二〇一七年四月，初版译毕
二〇二三年四月，再版修订

汉译文学名著

第一辑书目（30 种）

伊索寓言	〔古希腊〕伊索著	王焕生译
一千零一夜		李唯中译
托尔梅斯河的拉撒路	〔西〕佚名著	盛力译
培根随笔全集	〔英〕弗朗西斯·培根著	李家真译注
伯爵家书	〔英〕切斯特菲尔德著	杨士虎译
弃儿汤姆·琼斯史	〔英〕亨利·菲尔丁著	张谷若译
少年维特的烦恼	〔德〕歌德著	杨武能译
傲慢与偏见	〔英〕简·奥斯丁著	张玲、张扬译
红与黑	〔法〕斯当达著	罗新璋译
欧也妮·葛朗台 高老头	〔法〕巴尔扎克著	傅雷译
普希金诗选	〔俄〕普希金著	刘文飞译
巴黎圣母院	〔法〕雨果著	潘丽珍译
大卫·考坡菲	〔英〕查尔斯·狄更斯著	张谷若译
双城记	〔英〕查尔斯·狄更斯著	张玲、张扬译
呼啸山庄	〔英〕爱米丽·勃朗特著	张玲、张扬译
猎人笔记	〔俄〕屠格涅夫著	力冈译
恶之花	〔法〕夏尔·波德莱尔著	郭宏安译
茶花女	〔法〕小仲马著	郑克鲁译
战争与和平	〔俄〕列夫·托尔斯泰著	张捷译
德伯家的苔丝	〔英〕托马斯·哈代著	张谷若译
伤心之家	〔爱尔兰〕萧伯纳著	张谷若译
尼尔斯骑鹅旅行记	〔瑞典〕塞尔玛·拉格洛夫著	石琴娥译
泰戈尔诗集：新月集·飞鸟集	〔印〕泰戈尔著	郑振铎译
生命与希望之歌	〔尼加拉瓜〕鲁文·达里奥著	赵振江译
孤寂深渊	〔英〕拉德克利夫·霍尔著	张玲、张扬译
泪与笑	〔黎巴嫩〕纪伯伦著	李唯中译
血的婚礼——加西亚·洛尔迦戏剧选	〔西〕费德里科·加西亚·洛尔迦著	赵振江译
小王子	〔法〕圣埃克苏佩里著	郑克鲁译
鼠疫	〔法〕阿尔贝·加缪著	李玉民译
局外人	〔法〕阿尔贝·加缪著	李玉民译

第二辑书目（30种）

枕草子	〔日〕清少纳言著	周作人译
尼伯龙人之歌	佚名著	安书祉译
萨迦选集		石琴娥等译
亚瑟王之死	〔英〕托马斯·马洛礼著	黄素封译
呆厮国志	〔英〕亚历山大·蒲柏著	李家真译注
波斯人信札	〔法〕孟德斯鸠著	梁守锵译
东方来信——蒙太古夫人书信集	〔英〕蒙太古夫人著	冯环译
忏悔录	〔法〕卢梭著	李平沤译
阴谋与爱情	〔德〕席勒著	杨武能译
雪莱抒情诗选	〔英〕雪莱著	杨熙龄译
幻灭	〔法〕巴尔扎克著	傅雷译
雨果诗选	〔法〕雨果著	程曾厚译
爱伦·坡短篇小说全集	〔美〕爱伦·坡著	曹明伦译
名利场	〔英〕萨克雷著	杨必译
游美札记	〔英〕查尔斯·狄更斯著	张谷若译
巴黎的忧郁	〔法〕夏尔·波德莱尔著	郭宏安译
卡拉马佐夫兄弟	〔俄〕陀思妥耶夫斯基著	徐振亚·冯增义译
安娜·卡列尼娜	〔俄〕列夫·托尔斯泰著	力冈译
还乡	〔英〕托马斯·哈代著	张谷若译
无名的裘德	〔英〕托马斯·哈代著	张谷若译
快乐王子——王尔德童话全集	〔英〕奥斯卡·王尔德著	李家真译
理想丈夫	〔英〕奥斯卡·王尔德著	许渊冲译
莎乐美 文德美夫人的扇子	〔英〕奥斯卡·王尔德著	许渊冲译
原来如此的故事	〔英〕吉卜林著	曹明伦译
缎子鞋	〔法〕保尔·克洛岱尔著	余中先译
昨日世界：一个欧洲人的回忆	〔奥〕斯蒂芬·茨威格著	史行果译
先知 沙与沫	〔黎巴嫩〕纪伯伦著	李唯中译
诉讼	〔奥〕弗兰茨·卡夫卡著	章国锋译
老人与海	〔美〕欧内斯特·海明威著	吴钧燮译
烦恼的冬天	〔美〕约翰·斯坦贝克著	吴钧燮译

第三辑书目（40种）

埃达	〔冰岛〕佚名著　石琴娥、斯文译
徒然草	〔日〕吉田兼好著　王以铸译
乌托邦	〔英〕托马斯·莫尔著　戴镏龄译
罗密欧与朱丽叶	〔英〕莎士比亚著　朱生豪译
李尔王	〔英〕莎士比亚著　朱生豪译
大洋国	〔英〕哈林顿著　何新译
论批评　云鬈劫	〔英〕亚历山大·蒲柏著　李家真译注
论人	〔英〕亚历山大·蒲柏著　李家真译注
亲和力	〔德〕歌德著　高中甫译
大尉的女儿	〔俄〕普希金著　刘文飞译
悲惨世界	〔法〕雨果著　潘丽珍译
安徒生童话与故事全集	〔丹麦〕安徒生著　石琴娥译
死魂灵	〔俄〕果戈理著　郑海凌译
瓦尔登湖	〔美〕亨利·大卫·梭罗著　李家真译注
罪与罚	〔俄〕陀思妥耶夫斯基著　力冈、袁亚楠译
生活之路	〔俄〕列夫·托尔斯泰著　王志耕译
小妇人	〔美〕路易莎·梅·奥尔科特著　贾辉丰译
生命之用	〔英〕约翰·卢伯克著　曹明伦译
哈代中短篇小说选	〔英〕托马斯·哈代著　张玲、张扬译
卡斯特桥市长	〔英〕托马斯·哈代著　张玲、张扬译
一生	〔法〕莫泊桑著　盛澄华译
莫泊桑短篇小说选	〔法〕莫泊桑著　柳鸣九译
多利安·格雷的画像	〔英〕奥斯卡·王尔德著　李家真译注
苹果车——政治狂想曲	〔英〕萧伯纳著　老舍译
伊坦·弗洛美	〔美〕伊迪斯·华尔顿著　吕叔湘译
施尼茨勒中短篇小说选	〔奥〕阿图尔·施尼茨勒著　高中甫译
约翰·克利斯朵夫	〔法〕罗曼·罗兰著　傅雷译
童年	〔苏联〕高尔基著　郭家申译
在人间	〔苏联〕高尔基著　郭家申译
我的大学	〔苏联〕高尔基著　郭家申译

地粮	〔法〕安德烈·纪德著	盛澄华译
在底层的人们	〔墨〕马里亚诺·阿苏埃拉著	吴广孝译
啊，拓荒者	〔美〕薇拉·凯瑟著	曹明伦译
云雀之歌	〔美〕薇拉·凯瑟著	曹明伦译
我的安东妮亚	〔美〕薇拉·凯瑟著	曹明伦译
绿山墙的安妮	〔加〕露西·莫德·蒙哥马利著	马爱农译
远方的花园——希梅内斯诗选	〔西〕胡安·拉蒙·希梅内斯著	赵振江译
城堡	〔奥〕弗兰茨·卡夫卡著	赵蓉恒译
飘	〔美〕玛格丽特·米切尔著	傅东华译
愤怒的葡萄	〔美〕约翰·斯坦贝克著	胡仲持译

第四辑书目（30种）

伊戈尔出征记		李锡胤译
莎士比亚诗歌全集——十四行诗及其他	〔英〕莎士比亚著	曹明伦译
伏尔泰小说选	〔法〕伏尔泰著	傅雷译
海上劳工	〔法〕雨果著	许钧译
海华沙之歌	〔美〕朗费罗著	王科一译
远大前程	〔英〕查尔斯·狄更斯著	王科一译
当代英雄	〔俄〕莱蒙托夫著	吕绍宗译
夏洛蒂·勃朗特书信	〔英〕夏洛蒂·勃朗特著	杨静远译
缅因森林	〔美〕梭罗著	李家真译注
鳕鱼海岬	〔美〕梭罗著	李家真译注
黑骏马	〔英〕安娜·休厄尔著	马爱农译
地下室手记	〔俄〕陀思妥耶夫斯基著	刘文飞译
复活	〔俄〕列夫·托尔斯泰著	力冈译
乌有乡消息	〔英〕威廉·莫里斯著	黄嘉德译
生命之乐	〔英〕约翰·卢伯克著	曹明伦译
都德短篇小说选	〔法〕都德著	柳鸣九译
无足轻重的女人	〔英〕奥斯卡·王尔德著	许渊冲译
巴杜亚公爵夫人	〔英〕奥斯卡·王尔德著	许渊冲译
美之陨落：王尔德书信集	〔英〕奥斯卡·王尔德著	孙宜学译
名人传	〔法〕罗曼·罗兰著	傅雷译
伪币制造者	〔法〕安德烈·纪德著	盛澄华译
弗罗斯特诗全集	〔美〕弗罗斯特著	曹明伦译

弗罗斯特文集	〔美〕弗罗斯特著 曹明伦译
卡斯蒂利亚的田野：马查多诗选	〔西〕安东尼奥·马查多著 赵振江译
人类群星闪耀时：十四幅历史人物画像	
	〔奥〕斯蒂芬·茨威格著 高中甫、潘子立译
被折断的翅膀：纪伯伦中短篇小说选	〔黎巴嫩〕纪伯伦著 李唯中译
蓝色的火焰：纪伯伦爱情书简	〔黎巴嫩〕纪伯伦著 薛庆国译
失踪者	〔奥〕弗兰茨·卡夫卡著 徐纪贵译
获而一无所获	〔美〕欧内斯特·海明威著 曹明伦译
第一人	〔法〕阿尔贝·加缪著 闫素伟译

第五辑书目（30种）

坎特伯雷故事	〔英〕乔叟著 李家真译注
暴风雨	〔英〕莎士比亚著 朱生豪译
仲夏夜之梦	〔英〕莎士比亚著 朱生豪译
山上的耶伯：霍尔堡喜剧五种	〔丹麦〕霍尔堡著 京不特译
华兹华斯叙事诗选	〔英〕威廉·华兹华斯著 秦立彦译
富兰克林自传	〔美〕富兰克林著 叶英译
别尔金小说集	〔俄〕普希金著 刘文飞译
三个火枪手	〔法〕大仲马著 江城子译
谁之罪？	〔俄〕赫尔岑著 郭家申译
两河一周	〔美〕梭罗著 李家真译注
伊万·伊里奇之死	〔俄〕列夫·托尔斯泰著 张猛译
蓝眼盗	〔墨〕阿尔塔米拉诺著 段若川、赵振江译
你往何处去	〔波兰〕亨利克·显克维奇著 林洪亮译
俊友	〔法〕莫泊桑著 李青崖译
认真最重要	〔英〕奥斯卡·王尔德著 许渊冲译
五重塔	〔日〕幸田露伴著 罗嘉译
窄门	〔法〕安德烈·纪德著 桂裕芳译
我们中的一员	〔美〕薇拉·凯瑟著 曹明伦译
薇拉·凯瑟短篇小说集	〔美〕薇拉·凯瑟著 曹明伦译
太阳宝库 船木松林	〔俄〕普里什文著 任子峰译
堂吉诃德之路	〔西〕阿索林著 王军译
给一个青年诗人的十封信	〔奥〕里尔克著 冯至译

与魔的搏斗:荷尔德林、克莱斯特、尼采
　　　　　　　　　　　〔奥〕斯蒂芬·茨威格著　潘璐、任国强、郭颖杰译
幽禁的玫瑰:阿赫玛托娃诗选　　〔俄〕安娜·阿赫玛托娃著　晴朗李寒译
日瓦戈医生　　　　　　　　〔俄〕帕斯捷尔纳克著　力冈、冀刚译
总统先生　　　　　　〔危地马拉〕M.A.阿斯图里亚斯著　董燕生译
雪国　　　　　　　　　　　　　　〔日〕川端康成著　尚永清译
永别了,武器　　　　　　〔美〕欧内斯特·海明威著　曹明伦译
聂鲁达诗选　　　　　　　〔智利〕巴勃罗·聂鲁达著　赵振江译
西西弗神话　　　　　　　　　〔法〕阿尔贝·加缪著　杜小真译

图书在版编目（CIP）数据

华兹华斯叙事诗选 /（英）威廉·华兹华斯著；秦立彦译. --北京：商务印书馆，2025. --（汉译世界文学名著丛书）. -- ISBN 978-7-100-24754-2

Ⅰ. I561.24

中国国家版本馆 CIP 数据核字第 202486FS09 号

权利保留，侵权必究。

汉译世界文学名著丛书
华兹华斯叙事诗选
〔英〕威廉·华兹华斯 著
秦立彦 译

商 务 印 书 馆 出 版
（北京王府井大街36号 邮政编码100710）
商 务 印 书 馆 发 行
北京市十月印刷有限公司印刷
ISBN 978-7-100-24754-2

2025年4月第1版　　　开本 850×1168　1/32
2025年4月北京第1次印刷　印张 11⁷⁄₈
定价：68.00元